お隣の天使様にいつの間にか
駄目人間にされていた件
佐伯さん　イラスト　はねこと
Vol. 8

目次

藤宮周

進学して一人暮らしを始めた高校生。
家事全般が苦手で自堕落な生活を送る。
自己評価が低く卑下しがちだが心根は優しい性格。

椎名真昼

周のマンションの隣人。
学校一の美少女で、天使様と呼ばれている。
周の生活を見かねて食事の世話をするようになる。

白河千歳

椎名真昼
木戸彩香

お隣の天使様にいつの間にか駄目人間にされていた件 8

佐伯さん

GA文庫

カバー・口絵・本文イラスト
はねこと

第1話　天使様と大切な約束

「……今日は、帰らなくても、いいですか……？」

一瞬、何を言われているのか理解出来なかった。

腕の中でくぐもった、囁（ささや）き声に近い声が耳に届いた瞬間、周（あまね）の思考が停止してしまって言葉の意味を嚙（か）み砕（くだ）くのにかなり時間がかかった。

（……今日、帰らなくていいか……？）

つまり、この家に泊まりたい、夜も周と一緒に過ごしたい、と控えめに主張しているという事で。周と真昼（まひる）は確かに恋人同士であるし添い寝した事もある仲だが、あの時とは状況が違う。

真昼が、自分の意志で、お泊りをしたいと言っているのだ。

普段の数倍は遅くなった思考回路がその意味を弾（はじ）き出（だ）した時には、周の頰（ほお）には暖炉に薪を焚（く）べたかのように熱が溜（た）まっていた。

（お泊りしたいって、つまり）

流石に周も、こういう雰囲気で切り出された帰らなくてもいいかという言葉が、相応の覚悟を持ったものだという事は分かる。現に周の体に身を寄せた真昼の体は先程のリラックスした様子からどこか緊張したような強張りを感じるし、羞恥なのか緊張なのか、少し震えている事も感じ取れた。

まさか真昼の口からそんな事をねだられるとは思っていなかったので思わず腕の中を見下ろすと、視線を感じたらしい真昼の華奢な体がびくっと震えた。

それから、半分ほど顔を埋めた状態で、見上げられる。

いつもより湿り気を帯びた瞳が、気恥ずかしさと甘い期待を込めたように揺れながらこちらを映すのが、見えて。

大きくなる鼓動の音を自覚して更に固まった視線から逃れるように、真昼は周の胸に顔を隠そうと埋めた。

音を出そうとしない口を叱咤するように何度も開閉した後、周はゆっくりと喉を震わせてありのままの動揺が乗った声を絞り出した。

「……そ、の。……ど、どういう、意図、で」

「こ、言葉通り、ですけど。……周くんと、離れたくない、です。いっぱい、周くんを、感じたいです」

最早呟き込むとかそういうレベルでなくて、ただただ真昼の言葉に息を止められたかのように硬直している周に、真昼はちらりとこちらを見上げる。

「これだけじゃ、足りないです。……二日間、我慢、しました。周くんと、もっと、一緒に居たいです」

「そ、それは俺《おれ》もだが、流石に……その、まずくないか」

真昼も分かっている筈《はず》だが、周もれっきとした男なので、誰《だれ》の邪魔も入らない環境で恋人に帰りたくないと言われたら、そういう流れになりかねない。

周は理性が強い方だとは自負しているものの、所詮思春期の性欲旺盛な男子高校生。最愛の恋人からのいじらしい誘惑が降りかかれば、途端にお澄まし顔の理性を獣の顔にして真昼に襲いかかってしまう。

理性を吹き飛ばしてまで自分の欲求を優先したくない周としては、そういった状況は避けるべきだと思っていた。真昼が、周と結ばれたいという意図を持っていないかもしれない、ただ一緒に過ごしたいという純粋な願いの場合もあるので、尚更周の理性が歯止めをかけている。

「恋人なら、別に、お泊りくらい普通でしょう」

「そ、そりゃ普通のカップルならするかもしれないけどさ」

「私達は普通のカップルではないと？」

「そういう意味じゃなくて。その、まだ付き合って数ヶ月だし」

「周くんのご実家にお泊りしているので今更です」

「う」

それを言われては否定しきれず言葉を詰まらせた周に、真昼は不服そうな眼差《まなざ》しを向けてくる。

「……そんなに、嫌なのですか」

「嫌じゃない！」

どこか寂しげな響きの言葉を強く否定しようと大きな声になってしまった事を反省しつつ、驚きからか固まってる真昼の目をしっかりと見つめる。

「当たり前だけど、嬉しい。真昼が、俺と離れたくないって言ってくれるの、幸せ者だなって思う。俺も、真昼の側に居たいし、出来るなら毎日一緒に寝たい」

毎日、という言葉にぽっと頬を赤らめる真昼に、周は少し今の真昼には言いすぎたかもしれないと反省しつつ、それでも側に居てほしい事には変わりないので視線は逸らさない。

「でも、何があるか分からないし、俺だけ気持ちが逸るのは、嫌だ。真昼が望まない事はしたくない。……お泊りで、俺が何かするとか、考えた事はないの？」

「私は、周くんを信頼していますので」

迷いなく告げられた言葉に、周はやっぱり真昼の願いはただの添い寝の方か、と納得したし、周は自分に危害を加える事はしないという信頼の下、お泊りをお願いしてきたのだという事が分かった。

そのお願いなら叶えてあげたい、と理性を締めようと心に決めた周は、すぐに真昼から小さくぽこりと小突かれる。

「誤解しないでくださいね。周くんの信頼を逆手に取ったとかそうではなくて、私が欲しいというのが周くんの望みなら……私は、正面から、受け入れます」

「へ」

「周くんは、ちゃんと責任を取ってくれる人でしょう？」

「そ、それは勿論。人として、真昼の恋人として、無責任な事はしないと誓うよ」

「なら、問題ないでしょう？」

「そう、だな」

これは逆に信頼を逆手に取られているのでは？　と思いはしたものの、真昼は全(すべ)てを周に委(ゆだ)ねるように安心した笑顔を向けてくるので、その気持ちを裏切る訳にもいかない。

自分の理性はどうなってしまうんだ、と今夜の不安を盛大に抱えたものの、真昼が周と過ごす事を望むなら拒む事は出来ない。

周も、自分の体の都合さえなければ、側に居たいのだ。

腕の中の真昼は周には自信満々に告げていたが、もう一度目が合うと恥ずかしくなってきたのか視線を少し泳がせてから「その、い、色々、お手柔らかにお願いしたいですけど」と小さく付け足して周に体重をかけてくるので、周はその態度に恥ずかしがればいいのか喜べばいいのか分からず唇を結んで真昼を抱き締め直した。

（……どう、しようか）

お泊りを受け入れた周だが、冷静になって考えてみるととても危ない橋を渡っている事を思い知らされる。

一応、受け入れてくれると知っても何もしないという誓いの下のお泊りであるが、常に理性と本能の天秤がぐらついて本能に傾きかけているのは実感していた。

（いや、ここで押さないのはどうなんだと言われそうだけどさ）

脳内の樹（いつき）が「今押す時だろ⁉」と言っているものの、流石に、周も勢いで事を成したい訳ではないし、もしもがあれば困るのは真昼なので当然躊躇（ちゅうちょ）する。

エゴだとは自覚しているが、それでもこの考えがあるからこそ決定的に理性を飛ばすには至っていない。好きだから、恋人だから結ばれてもいいだろう、という考えは周にはどうしても持てなかった。

「……あー、その、先に家に帰って風呂（ふろ）に入ってきたらどうだ。ここじゃ、普段のシャンプーとか使えないだろうし」

腕の中で照れつつ大人しくしている真昼に少し引っかかりながらも進言する。

お泊りするにしても、やはり真昼の普段している手入れはこの家では出来ないだろうし、そもそも着替えがあるのかという問題が存在する。

その事を考えたら、家で済ませてきた方が都合がいいのでは、というつもりの発言だったのだが、真昼はびくっと体を震わせた。

　言ってから今の状態でお風呂を切り出すのはとんでもない誤解を招くのでは、と周は周で体を強張らせるのだが、真昼はもぞもぞと居たたまれなさそうに腕の中で縮こまっている。

「ち、違うぞ？　そういう意味じゃなくてですね？」

「そ、その、周くん」

「ハイ」

　流石に直接的に受け取られただろうか、と心配した周だったが、顔を上げた真昼が周の言葉に恥じている様子ではなさそうなのが見えた。

「志保子さんも、修斗さんも、一緒にお風呂、入っていた、でしょう」

「ま、まあそう、だな？」

「た、他意はないのです。ないのです、けど、その……せ、折角の、お泊りですし……い、一緒に、お風呂、入りたい、です」

　震える声でか細く呟いた恋人に、周は一瞬何を言われたか分からず硬直したまま真昼を凝視する。

（……一緒にって）

　入浴は、当然衣服を着用せずにするものだ。

　つまり、お互いに一糸纏わぬ姿を晒す、という事になる。

　そんな事をされれば、周も流石に歯止めが利きそうにない。何もかも置き去りにして、柔肌を堪能する自信があった。

いつにも増して真昼が積極的で戸惑いを隠せない周は、一気に燃えそうになっている頬をかきながら、視線を泳がせる。

「つい、いや、それはその、まずいのでは。裸になるし……」

「えと、その……み、水着、着たら、いいのでは」

「た、確かに水着を着たらいいかもしれないけどさ？　その……多少体に触られる覚悟はおありで？」

いくら周でも、手を伸ばせば届く位置に無防備な恋人が居れば、何もしないという確約は出来ない。

それを分かっているのか分かっていないのか、真昼は長いまつ毛をふるりと震わせて、目を伏せる。

「背中の流しっこするなら、触る前提ですし」

「お、おう」

「い、嫌じゃないと、私は言ってます。私は周くんに触られるの好きですし、本当に嫌なら、こんな事言ってません」

「……うん」

真昼の言葉は本当に他意もなく、ただ憧(あこが)れの両親のように仲睦(なかむつ)まじくしたいのだろう、という事が分かるので、周もそれ以上は何も言えずに頷いた。

「つまりその、俺も水着を着て入れば平和的解決という事でよろしいでしょうか」

「は、はい」

「……いいんだな？」

「女に二言はありません」

それは男の台詞なのでは、と思ったものの、真昼は覚悟を決めて周に提案したようなので、それを無下にはしたくないと思った。

要するに、周が我慢すればいいだけの話なのだ。

周としても唯一の相手が見つかった今、両親のようないつまでも仲のよい関係に憧れているので、手始めに風呂を共にするのも悪くないと思っている。周が欲求をのみ込んでしまえば、睦み合うのもよいものだろう。

夏休みも終わり、もう着る事もあるまいと衣装ケースの奥にしまった水着の場所を思い出しながら、周は高鳴る胸を抑えつつ「分かった」と返して頷いた。

先に水着を着て浴室に入った周は、非常に居たたまれなさと緊張を感じていた。

真昼は水着を持ってきて着るのに時間がかかるので先に入っていてほしいとの事だったが、待たされる分胸の高鳴りは増していく。

水着姿を見た事はあるが、二人きりで、それもお泊りというイベントであり、更に狭い空間で密着する、というのは初めてであり、当然喜びよりも緊張が強い。

そもそも、一緒に風呂に入るなんて経験を済ませた男女がするものではないか……と考えてしまって、むず痒さと恥ずかしさが襲ってくる。

湯に浸かってすらいないというのに、体が熱い。

早く真昼に来てほしいのか、来ないでほしいのか、自分でも分からない不安定さを感じつつ唇を結んでいると、背後からドアが軋む音がした。

ぎこちない動作で振り返ると、肌色の眩しい恋人がおずおずとこちらを見ていた。

そして、姿を捉えた瞬間固まってしまったのは、仕方ない事であろう。

(……これか、千歳が言っていたのは……っ)

以前、千歳は真昼が水着を二種類買ったと言っていたのを思い出した。

今回は、プールで遊んだ時に見たものではない。

今彼女が身にまとっているのは、白磁の肌とは正反対に近い、黒のビキニだ。

余計な飾りは一つもなく、シンプルに布が肌を覆っているだけのもの。布面積が極端に狭いという訳ではなく、あくまで普通のビキニの範疇に収まるようなもの。

それなのに扇情的に見えてしまうのは、彼女のスタイルのよさのせいだろう。

やはりというか、改めて見ても見事としか言いようがない。

ほっそりとした首筋から続く無駄な肉のないデコルテも、強い勾配を描く膨らみも、なだらかなラインを描く腰部も、引き締まりつつもほどよい柔らかさが窺える腿も、理想的と言えるものだ。

普段は真昼がほとんど露出しないし胸元を見せるなんて以ての外というタイプなのでお目にかかる機会などほぼないそれを、今、周だけは視界に収める事を許された。

本人から持ち出した最終兵器であるが、周の視線を感じたのか恥じらい気味に腕で前を隠そうとするその仕草すら色っぽい。腕のせいで山が寄り合っているのが見えて、男として非常によい眺めだと断言出来るが、今の状態で見せられるのはきついものがあった。

とりあえず直視するのも悪いと微妙に視線を泳がせるのだが、それが真昼には気になったらしく少しだけ眉が下がっている。

「……変、でしょうか」

「い、いや、そんな事は。似合ってる、けど」

「けど……？」

「……なんというか、刺激が強いなと」

絞るように呟くと、分かりやすく真昼の頰が染まる。

本人がそれは一番自覚しているだろう。普段の真昼ならまず選ばないようなチョイスだ。布と紐だけで構成されたそれは、肌を隠すには少し心許ないものだ。

「……だから、プールでは着なかったのです。人に見られるのは、恥ずかしいです、し」

「じゃあ何で買ったんだよ」

「そ、それはその、千歳さんが……これくらいしないと、周くんは陥落しないよ、と」

「何を陥落させるつもりだったんだ……」

千歳の発言に額を押さえつつ、ちらりと真昼の姿を改めて見る。

（……そりゃこんなもん見せられたら陥落しかねないけど）

それだけ真昼のこの姿は破壊力がある。今すぐしゃがみこんで落ち着くまで視界からシャットアウトしたいくらいには。

しかし、そういう訳にもいかないので、なんとか平静を取り戻そうと深呼吸しつつ、ちらりと真昼を見る。非常に居たたまれなさがあるというか、この狭い空間で薄着の男女が側に居るというのはなんともむず痒さがある。

「あーその、……と、とりあえず、髪洗うか」

「そ、そうですねっ」

気持ち裏返った声で頷いた真昼は、まだ湯に浸かってないというのにすっかり上気した頬を隠すように俯（うつむ）いて、浴室の床に置いていた持参の防水バッグから液体の入ったボトルを取り出す。

周愛用のものはメンズシャンプーなので真昼が使うとは思っていなかったし持参するのもわ

かっていたが、何故かやけにボトルの個数が多い。

　女の子は一回の風呂でこんなにも使い分けるのだろうか、と感心したのも束の間、真昼はちらちらとこちらを見ながら「椅子に座っていただけると……」と指で椅子を指している。

　つまり洗ってくれる、という事なのだろう。

「い、いや、自分でする、けど」

「……したいです」

　お伺いを立ててくるかと思いきや控えめながらはっきりと主張してきたのが意外で、周もその勢いに押されて素直に椅子に座ってしまう。

　流されているのでは、と思った時には真昼は周の後ろに立っていて、手にはご持参の品らしいブラシがある。

「周くんの髪、一度は手ずからお手入れしたいと思ってたんです」

　髪をとき始めた真昼の顔は緊張も少しとけてきている、というか何故だか嬉々とした色を含みだしたので「あ、これスイッチ入ったな」と悟ってしまう。

　緊張でずっとぎこちないよりはマシなのだが、真昼は周の事になると我を忘れて夢中になる事があるので、今回もその例に漏れないような予感がした。

　周としては、意識しすぎても肉体の反応的に辛いものがあるので、こうしてこの空間と状況を意識から追い出せるような雰囲気になるのはありがたい。それに、真昼の手つきは非常にこちらを心地よくさせるものだと分かっている。膝枕で髪を撫でられるだけで爆睡するのだ、優しくお手入れされたならさぞ気持ちいいだろう。

そんな打算もありで真昼に全て任せるように瞳を閉じると、背後で小さな笑い声が聞こえた。

「急にリラックスするのですね」

「いや、まあ、真昼がしてくれるって言うなら、好きにしてもらえたらいいし。真昼が気持ちよくしてくれるの分かってるから」

「そのご期待に応えられるように努力しますよ」

任されたのが嬉しいらしい真昼が笑みを含めた声で返事して、周の髪をゆっくりと丁寧に櫛で整えていく。

「最初に櫛で余計な埃やゴミを落としてしっかりお湯で流すのが大切なのですよ。周くんは短いからそこまで必要性がないかもしれませんけど」

「そうなんだ。めんどくさくて風呂入る前に髪をといてはいなかったなあ」

「周くんは髪も短くて絡まりにくいから、あまり梳くって考えはないのかもしれませんね。私は長いから絡まりやすいですし欠かせないのですけど」

「そりゃこんだけ長いのに綺麗に保ってるんだから相当神経使うよな」

目を開けて鏡越しに見た真昼の髪は、腰を余裕で通りすぎた長さだ。そのくせ枝毛はないしキューティクルもばっちり。サラサラとした滑らかな表面は、女子なら誰もが憧れそうな美しさを誇っている。

　この髪を保つのにすごく苦労しているんだろうなあ、と感心していると、後ろから小さな苦笑が聞こえた。

「まあ、私は元々髪質がよいので、極端に神経を使うという訳ではないのですけど……注意しているのは事実ですね。綺麗な方がどんな服を着た時にでも見栄えしますので」

「……女の子だなあ、ほんと」

「自分に誇れる自分でありたいですから」

　そう言ってブラッシングを終えシャワーを手にしたのが横目に見えたので、お湯ですぐと理解してそっと瞳を閉じる。

　真昼は「お湯かけますね」と優しく声をかけてから、シャワーからお湯を出して周の髪にかけていく。

「ここでしっかりと予洗いしておきましょうね。スタイリング剤を使用しているときはここである程度落としておいた方がよいです」

「講座が始まってますな」

「折角周くんは元々の髪質がいいのですから、手入れを心がけたらもっとよくなりますよ」

「流石に毎日するのはめんどくささがあるな」

「そこは横着したら駄目なのですよ」

全くもう、と呆(あき)れたような声をかけられる。

髪を洗っている間に少し緊張と羞恥が薄れてきたのか、ぎこちなさが消えていつものようなやり取りになっていた。

「まあ、将来的に一緒に入ってたら自然とやるようになるだろうという事で、ここは一つ手を打ってくれ」

真昼の言う手入れを毎日するのはちょっと面倒くさいなあという怠惰さからそう漏らしたのだが、シャワーで周の髪を濡(ぬ)らしていた真昼が固まった。

たっぷり十秒ほど後ろでフリーズしていた真昼は、ようやく解凍されたのかシャワーを止める。

それから無言でシャンプーを取り出してネットで泡立てているのが、鏡にちらっと写っていた。

「あ、あのー、真昼さん？」

「……ナチュラルにそういう事を言うのが周くんの駄目なところです」

「ええ……？」

しっかりと泡立ててから周の髪に泡を馴染ませていく真昼の頬は、赤い。

若干雑な手つきになっているのは、気のせいだろうか。

「……嬉しいですけど、もう周くんは志保子さん達を呆れたり出来ませんからね」

真昼が何を言いたいのか何となく理解して、ついでに遅まきながら自分が何を言ったのかも理解して、周もつられて頬が赤くなる。

　昔はあれだけ一緒に入浴する両親を呆れて見ていたのに、自分も結婚したら毎日一緒に風呂に入ろう、という事を言っているのだ。両親を笑えない。

「周くんはお口にファスナーしてくれないと私が困ります」

「気を付けます」

　折角お互いに薄れてきた羞恥がぶり返してしまって、周も真昼も顔を赤くしながらその後は無言で髪を洗う事に専念するのであった。

　そうこうしている間に真昼は手際よくトリートメントまできっちり終えていたようだ。

　しっかりと洗い流したところで、真昼は微妙に躊躇い(ためら)の気配を見せつつボディーソープと書かれたボトルを取り出す。

「……その、えっと……お体の方、も」

　真昼が何を言いたいのか分かった周も、身体が強張るのを感じていた。

　頭を洗ったら次は身体の方に移行するのは分かっているのだが、まさか身体まで洗うと言い出すのは想定外である。確かに背中を流すとは言っていたものの、本気で実行するとは誰も思わないだろう。

「い、いやその、あー、べ、別に無理しなくてもいいんだぞ？」

「む、無理している訳じゃないですからね⁉　その、こ、これくらい、私だって出来ます。その、ま、前は、ご自分でしてほしいというか……せ、背中だけ、ですけど」

「そ、そうしてくれると、助かる」

流石に前まで洗ってもらうと大変な事になりそうなので、真昼の言葉にすぐに頷いた周は、とりあえず俯く。先程まで薄れていた恥ずかしさがまたじわじわとせり上がってきていて、その上制御から外れた期待からか体が熱くなっていた。

真昼は後ろでネットでせっせとボディーソープを泡立てているらしく、布が擦れる音がしている。

吐息の音と泡立てる音だけが響く浴室というのは、非常に気まずく居たたまれない、というのを痛感した。

「……その、では、失礼します……」

泡立て終わったのか、おずおずといった口調で囁いて、そっと背中にふわふわもっちりとした感触が訪れる。

もちろんきめ細かく泡立てたボディソープだとは分かっているのだが、こうした場所で、水着姿で接近しているので、果実が当たったのではないかと一瞬考えてしまうのは男のサガだろう。

優しく背中に広げられる泡の感覚は、なんとなくくすぐったい。

真昼の手つきが丁寧なのもあるが、慎重に泡を塗っているために、焦れったさを感じるのだろう。

自分で洗う時はここまで丁重にはしないので、中々慣れない。

「……周くんって、背中案外大きいですよね」

ある程度塗りたくって背中全体に泡が広がったあたりで、小さな呟きが聞こえた。

「案外って。……真昼に比べたら、そりゃ大きいと思うけど」

「周くんだからこそ、大きく感じるというか……この背中を頼りにしてきたなって」

ぺたり、と掌が肩甲骨あたりに押し当てられたのを感じる。

「覚えていますか、足を挫いた時に背負ってもらったの」

「ん、覚えてる覚えてる。猫を助けて怪我した時のやつだな」

「……あの時、本当に嬉しかったんですよ。顔には出しませんでしたけど」

「途方に暮れてたもんなあ」

「……周くんはいつも見つけてくれるなあって、今なら思います。私をいつも見つけてくれます」

するりと、背中に置かれた掌が滑り、平たい胸に回る。

そのまま互いの体の距離を零にした真昼は、周にくっついたまま、肩に唇を乗せた。

泡とは比較にならないほど柔らかく質量のあるものの存在を背に感じながら、周はそっと息をこぼす。

「真昼が望むならいくらでも背負ってやるし、支えてやるよ。そもそも、目を離さないって約束してるんだから、居なくなったりなんかしないよ」

「……うん」

「でもまあ、今はちょっと背負うのは格好的に厳しいので離れていただけるとありがたいです」

暗に当たっていると言うと、一度大きく体が跳ねたが、離れる気配がない。

「……背負わなくても、寄り添ってほしいです。負担を全部押し付けたりなんてしません。……一緒に歩いていくのですから」

「……そうだな」

「あと、これはお泊りした時にしたら周くんが喜ぶって」

「千歳ぇ！」

絶対面白半分の入れ知恵だ、と思わず唸った周だったが、真昼が「ち、千歳さんはアドバイスしてくれただけですし私が望んだので」と宥めるように腕をぎゅうっと改めて回してくるので、更にふくよかな感触を与えられた周は唸るしかない。

嫌ではないし嬉しいが、自分を留めている枷がごりごりと削られている。偶然当たった、ではなく、真昼が意図的にくっついてきている、というのが何より周の理性耐久値を削り取っていた。

「も、もう分かったから、離れてくれ。割と、困るというか……湯船に浸かる前から茹でダコにはなりたくない」

図太く堪能出来たならよかったのだが、周にそんな余裕などありはしない。結構精一杯なので少し離れて頭と体を冷やしたい、という主張をすると、案外真昼は素直に離れてくれた。

鏡に映る真昼は、後から恥ずかしくなってきたらしくもじもじと身を縮めている。

大胆なんだかそうじゃないんだかよく分からない真昼は、そのまま自分の肩を抱いて「うう」と唸っており、恥ずかしがるぐらいならしなければよかったのに、とちょっぴり思ってしまう。

周としては離れてくれた安堵の方が恥ずかしさより強かったので、小さく笑って真昼の方に向き直り、そっと手から泡だらけのネットを奪った。

「後は自分でするので、真昼は真昼の手入れをしてくれ」

「……はい」

「なんか不服そうじゃないか？」

「い、いえ、不服、というか……そ、その、身構えていたから、拍子抜けしたというか」

「俺がこんな所で何をすると思ってるんだ……」

「そ、それはその、……背中を流すのかと」

「そもそもこれは真昼が言い出した事なんだけど……それとも、俺に背中流してほしかった訳？」

「そっ、そういう訳じゃ！　ただ、その、周くんは、触ってくれないな、と」

思わず咳き込みそうになりつつ、とてつもなく聞こえ方が危ない発言に真昼を羞恥と咎めて半々で睨むと、真昼は更に顔を赤くしている。

「……だ、だって、志保子さんと修斗さんは洗いっこよくしてるって」

「両親のそういう話を聞かされるの複雑なんだけど……。そ、そもそも、母さん達は結婚してるからであって、俺達にはまだ早いだろ……というか、その、さ、触るなら、湯船の中で寛ぐ時の方がいいというか」

滑りのいい状態だとあらぬ所に手が滑りかねないので普通に湯船の方が安全だと思っての発言だったが、真昼は周の言葉に「……わ、分かりました」と何やら絞り出したような決意の声を上げた。

あれ、もしかして自分とんでもない事を言ったのでは……？　という疑問が頭に浮かんだのだが、その疑問が羞恥の熱波を生み出す前に「お手入れするのであっち向いててくださいっ」と強めに言われたので、周は勢いに押されて素直に背中を向ける。

鏡越しにちらりと見た真昼の髪から覗く耳が真っ赤だったが、それを指摘すると見てしまった事がばれるので、何も見なかった事にして背中合わせに気恥ずかしさを感じながら洗っていない部分を洗った。

真昼は周と違って手入れに時間がかかるのは分かりきっていたので、先に湯船に浸かっていた周だったが、手入れを終えたらしい真昼がちらちらとこっちを見てきているのでどうしようかと悩んでいた。

何が言いたいのかがいまいち分からない。先程の湯船で触る発言を意識している事は間違いないのだが、真昼の視線のそれはそこから何かを訴えたそうにしている。

　警戒、とは違うのだが、正確に読み取れなくて困っていると、カラメル色の瞳が周を捉えて揺れる。

「そ、その、どこに、浸かれば、よいでしょうか」

　どこに、という言葉に、周は一度瞬き。

　この家は一人暮らしから二人暮らし向けの物件ではあるものの浴槽はそれなりに広く、二人入っても足に気を付ければ多少狭いなという範疇に収まる。周も真昼が入る事を想定して足は伸ばしていないので、スペースは余っている筈だ。

　だというのにこちらに問いかけてきたというのは、先程の周の失言にも近い言葉が前提にあるから、なのだろう。

「……い、いや、空いてるし……何処にでも、浸かればいいんじゃないか」

　先程の言葉を吐いたのは自分とはいえ懐におおいでとはとても言えずに真昼に判断を投げるのだが、真昼は少しだけ唇に力を入れてムッとした表情を作った後、ゆっくりと湯船に足を踏み入れた。

　日焼けの跡など欠片もない真っ白な肌が見えたと思ったら、亜麻色のカーテンが視界にかかる。

　あ、と声を漏らした時には、真昼は周の緩く胡座をかいた足の間に腰を下ろしていた。

　何処にでもと言ったのは自分だがまさか本当にここに来るとは思っておらず呆気に取られる

周の気持ちを知ってか知らずか、真昼はそのまま周の体に体重を預けるようにもたれかかってくる。

髪は束ねて纏めてあるため、直に素肌の感触が伝わってきて、否応なしに昂りを覚えていた。

「……何処でもいいのですよね?」

控えめながらしてやったりと言わんばかりの微笑みで振り返って問い掛けてくる真昼の頰は、赤い。

ただそれを指摘出来るほど自分の顔も体も落ち着いていないので、何も言い返せず「そう、だな」と返すのが精一杯だった。

「なら問題ないでしょう」

自分を鼓舞するようにきっぱりと言い切った真昼がぐいぐいと後頭部で頭突きをしてくるので、痛くはないのだが精神的にも肉体的にもむず痒くて真昼を止めるべくそっと肩に触れた。

途端にびくっと大きく体を震わせたので、波が跳ねる音が狭い浴室内に響く。

「やっぱり離れた方がいいのでは」

「ち、ちが、嫌とかじゃなくて……その、さ、触られるのかと」

「……触っていいって言ったのは自分では?」

「それはそうですけどっ」

先程からちぐはぐな言動をする真昼に、周は気持ちは分からないでもないが、と薄く笑いながらゆっくりと真昼の体に手を回した。

分かりやすく硬直するので、そのまま大人しくしてくれと力を入れずに抱き締める。

「……暴れないでくれるか？」

言わずとも大人しくなる事は分かっていたのだが、念の為と優しく耳元で囁くとまた体を震わせたものの、素直に体の動きを止める。というより、腕の中で縮こまっていた。

希望通り大人しくなってくれたのは嬉しいものの、このままだとお互いに恥ずかしくてロクに触れ合えないのは見え透いている。

（……流石に、俺も、躊躇なく触るとか無理だし）

プールの時より触れ合いに躊躇いを持っている気がするものの、この状態だとそれも仕方ない事だろう。完全なプライベートの空間で、なおかつお互いにもしもを了承した上でくっついているのだ。意識しない訳がない。

とりあえず色々と反応しないように細心の注意を払いながら、あくまでいつものように優しく真昼を包むように抱き竦める。

いつもより強く香るシャンプーの香りに一瞬脳髄を揺さぶられたものの理性が緩むほどでもなく、とにかく緊張している真昼の体の強張りを解きほぐすように触れた。

胴体部分には決して触らず、真昼の腕ごと腕で囲んでいるような抱き締め方は、真昼の不要な強張りを緩やかに宥めていくには十分だったようだ。

こて、と周の腕に頭を寄り添わせるように預けてきた真昼は、しばらく黙った後吐息を落とした。

静かな浴室には、二人の吐息の音がよく響いている。

蛇口から水滴が落ちては湯船の表面を波立たせるのぽちゃんという音を二人で無言で聞きながら、ゆっくりゆっくりと内側から体を温めていた。

「……その、周くんは、嫌にならないのですか」

特に会話するでもなく、ただ寄り添うようにくっついて静かに湯の心地よさを味わっていると、真昼がおずおずといった様子で口を開く。

「……私、自分でも思いますけど、空振ったりやる事なす事ちぐはぐになったりしてますし」

「ああ、そういう事。嫌になる訳がないよ。その、真昼が俺の事好きで頑張ろうとして恥ずかしさに負けてるのは分かってるから」

「そういうところ分からないでください、もうっ」

「だってさあ」

「わ、分かってるなら、意図を汲んでくれたっていいじゃないですか……」

語尾を萎(しぼ)ませながら恥じらいをたっぷり含んだ声で呟く真昼は、また腕の中で縮こまってしまう。

真昼が何が言いたいのか、何を望んでいるのか、見当が付かないほど周も鈍感ではない。ただ、一度自分を許してしまうと、それが真昼が望むよりもっと自分の欲求と勢いがついてしまうため、節度ある接し方に留めているのだ。

「……俺は自分で自分を制御しきれる自信がないので、あんまり煽られると困る訳ですよお嬢さん」

「そう言ってさっきから余裕があるように見えるのですけど」

「ないない。ちゃんと、確かめてみて」

耳を寄せて鼓動を聞いたら、隠しようもない高鳴りが聞こえる筈だ。

真昼は周の言葉に少しだけ躊躇いながらも向き合うように体勢を変えて最近少しだけ鍛えられてきた胸板に耳をくっつけた。

今、表情は取り繕っているし湯船に浸かっているが故の赤らみで誤魔化せているが、心音だけは誤魔化せないだろう。

平常よりも速い鼓動に、真昼はパチリと瞬いて顔を上げる。

「だから言っただろ。……余裕なんてない」

真昼から受け入れるという許可をもらった状態で、初めての彼女であり周の唯一と一緒に入浴しているのだ。触れたいと思うし、何なら覆いを剝ぎ取ってしまいたいとも思う。

しないのは、真昼を傷つけたくないし、将来的な事も考えて今すぐにするのは得策ではないからである。

「……てっきり慣れて余裕が出来たものかと」

「出来るかよ。触りたいし色々したいけど我慢してるだけです」

「い、色々」

想像したのか、ぽっと顔を赤らめる真昼に苦笑して頭を撫でると、大人しく受け入れてされるがままになっている。

こういう触り方は恥ずかしがらずに受け入れるんだよな、と思いながらもゆっくりと頭を撫で、そのまま輪郭に沿うように頰を撫で、指先でくすぐる。

瞳を細めて心地よさそうにへにゃりと眉を下げた真昼は、そのまま周に身を委ねるように瞳を閉じた。

その、甘いというには色っぽさの強い、周への信頼からくる態度に、周は一度唇を嚙んだ後軽く顎に指を添えて……すぐに離した。

「え」

「……ここでしたら、真昼がのぼせるの目に見えてるし」

出来る事なら今すぐ唇を貪りたいのだが、十分に体も温まった状態ですると、確実に真昼がのぼせてダウンする。

フレンチキス自体お互いに慣れていないので、どこまでも際限なくしてお互いに溺れかねない。もしかしたら理性ごとぐずぐずに溶けてしまうかもしれないので、身体的にも理性的にも危ないという判断でやめたのだが、説明されてる真昼は「……そうですか」としょげていたので、期待してくれていたようだ。

そのあからさまな態度につい笑ってしまって真昼がべしべしと胸板を叩いてくるので、周は笑みを収めてゆるりと親指の腹で唇をなぞる。

自分のものより随分と滑らかで瑞々しい唇は、周の指で撫でるだけで震えるように微かに開く。

「……残念だった？」

「そういう事聞く周くんは意地悪です」

からかわれて微妙に拗ねモードに入ったのかもう一度胸をぺしりと叩いたあと、真昼は背を向けて足の間に座り直した。

本気で拗ねている訳ではないのも分かっているが、こういう照れ隠しを茶化したり放置しすぎるとよくないので「ごめんな」と謝ってゆっくりと真昼を包み込むように腕を回した。

どうしても照れや本能的なものがあるため逡巡があったが、それを振り切るように、しかし動作は緩慢とも言える動きでそっとお腹に手を回して更に密着するように体を寄せる。

背中側はほとんど隠れていない姿なのでぴとりと肌が重なると、真昼が体を揺らした。

分かりやすく真昼が震えた理由も分かるが、これはかりはどうしようもない。そもそも、真昼が周側の事情も理解してここに居るのも分かっていた。

「温かいな」

「……はい」

「もう少し、こうしていてもいいか」

暗に不埒な事は何もしないという意思も声に込めてあくまで優しく抱き締めると、真昼は素直に力を抜いて周に委ねてくれた。

許してくれた事に内心で安堵しつつほっそりとしたお腹を緩く撫でるとくすぐったそうに身じろぎを見せる。

水中という効果をなしにしても、滑らかで手触りよく、無駄なものは削ぎ落とした、そのくせ女性らしい柔らかさもある不思議な感触がした。

嫌という訳ではないらしいが腹部を触られるのは複雑らしい真昼は、微妙に抗議するように周の腕を指でぺちぺちと叩いてきたものの、本気で拒んでいる訳ではないらしくすぐに周を撫でるような動作に変わった。

ぱしゃり、と軽やかな音を立てながら周の腕に細やかな仕返しをしている真昼は、こちらに体重を預けたままふと軽く振り返ってきた。

「周くん」

「ん、どうかしたか」

「えっと……さっきの話ですけど」

「さっき?」

「きす、の、話です」

周も人の事を言えた義理ではないが、真昼はあまり直接的な単語を口にするのは苦手らしく、少したどたどしさすらある声を聞かせる。

「それがどうかしたか?」

「……お、お風呂上がったら、してくれる……という、事で、いいですか」

なんて可愛らしい事を言ってきた真昼を思わず強めに抱き寄せて肩口に顔を埋めると、真昼が途端に慌てた様子で周の腕をぺちぺちし始める。

「な、何ですか、急に」

「いや、可愛い事言うな、と。二人の望みが合致してるので、お風呂上がったら覚悟しておいてください」

「え、う……き、聞かなかった事にしてくださいっ」

周がやる気になったら真昼が押されるのが自分でも分かっているのか、逃げ腰になっている真昼を離さないように強く、優しく抱き締める。

「やだ」

「いじわる」

「意地悪ですとも」

穏やかな声でそっと囁くように返すと、真昼は耐えきれなくなったのか小さく唸りながら「ばか」と呟いて側にあった周の膝に八つ当たりのように指の腹を強めに押し付けるのであった。

これ以上風呂場でくっついて睦み合っているとのぼせる気がしたので、スキンシップもそこそこに風呂から上がる事にした。

浴室で更に日課の手入れをする、という事で先に出た周は、リビングで髪を乾かして真昼の帰還を待っていた。

悪戯心で髪を乾かさずに待って真昼に甘えようかとも一瞬考えたのだが、風呂で髪のお手入れをしてもらった側から髪を傷めるような行為をすると真昼が叱りそうな気がしたのでさっさと乾かしておく。

寝室で待っておこうとも思ったのだが、そうなるといよいよといった雰囲気と非常に緊張した状態で真昼を出迎える事になりそうだったため、普段一緒に居るリビングで胸の高鳴りを騙そうとしていた。

必要以上に緊張するのを防ぐべくテレビをつけて意味もなく知らない番組を眺めていると、廊下の方から音がした。

何だか振り返るのも気恥ずかしさがあってそのままテレビに耳を傾けるポーズだけ取ってい

ると、側に真昼が立つ気配。

　ここで初めて顔を上げて、それから少しだけ安堵してしまった。

　もしここで真昼が扇情的な寝間着を着てきたなら自分の理性を試されているのかとしつこく疑うところだったのだが、真昼が着てきたのは膝丈のネグリジェにカーディガンのセットだ。

　滑りのよい艶のある生地にシアー素材を重ねたような、透け感はあるものの胴体が透ける事のないデザインのネグリジェはいやらしさを感じさせる事がない。

　一応ネグリジェ本体はストラップで吊り下げる形で袖がないものであるが、その上からレースのカーディガンを羽織っているためうっすらと透けるだけで肌を直接見せている訳ではないのがその清楚さを出しているのだろう。

　周の視線を感じたのか着恥ずかしげに体を縮めるものの、隠そうとはせず窺うような視線を向けてくる。

「へ、変ですか」

「いや、可愛くて似合ってる。実家の時とは違うんだな、と」

「さ、流石にご実家の方でこういう服はよくないでしょう。その、見るのが周くんだけだから、ちょっと、頑張ったというか」

　そう言ってもじもじとする真昼は、控えめに周の隣に腰掛けてぴとりと体を寄せてきた。

　薄い生地の感触と、お風呂で感じていたものよりもやや強くなった、甘いけどくどくない爽やかな香りを感じて、落ち着かせた筈の体がまた疼くのを実感していた。

側に居るだけでこうなのだから、抱き締めたらさぞいい香りがするのだろう。

「正直、これですごい寝間着着てきたらどうしようかと思ってた」

「実はちょっと考慮しました」

「あのなあ」

「でも、その、あ、あんまり、気合、入ってたら、引かれるかなって」

いかにもですし、と気恥ずかしそうに呟く真昼の姿はいじらしく、この姿を見て引く人間が居たなら眼科をおすすめするところだ。

「……引いたりしないけど。真昼が俺のために着てくれているんだなって嬉しくなる」

「き、着ませんからね」

「着ないんだ」

「着てほしいのですか」

「いやまあ、いつかは……その、着てほしくなると、思うけど。真昼が見せたくなったら見せて」

「……いつか、ですからね」

「うん、いつか。……今は、無理しなくていいよ」

羞恥に悶える真昼も可愛いだろうが、躊躇いがある状態で無理に着てもらう事もない。真昼が自発的に選んだ、という事の方が周には重要であるのだ。

大人しく引き下がった周に何故だか物言いたげな真昼に首を傾げてみせると「何でもありません」とほんのり尖った声が上がるのだが、周は敢えて追求はせずそっと真昼の手を握った。

いつものようにただ握るだけで真昼が一瞬体を強張らせるのだが、周が何も言わずに優しく包み込んでいるとその強張りもとけ、周の肩に頭を寄りかからせてくる。

ぴとり、と決して押し付ける事はないが離れないとも言わんばかりに周に寄り添う真昼に、周も自然と少し真昼に傾くように体重を移動させた。

もういい時間だったのかバラエティ番組は終わっており、テレビから聞こえるニュースキャスターの淡々とした声がリビングに流れている。

その声をどこか夢見心地にも近い、温もりの心地よさに集中しきれていない状況でぼんやりと聞きながら、周は握る手の触れ方を変えた。

今まで包み込むようなものだったが、今は、指を絡めて真昼を求めるように離れがたいと手先で主張する形だ。

お風呂のお陰かすっかり温もった細い指は、逃げることもなく、ただ周に応えるように優しく握り返された。

「……そろそろ、寝ようか」

自然と声に出た言葉に、真昼は静かに柔らかく周の手をもう一度握り返した。

手を繋いで周の寝室に移動すると、真昼は少しだけ部屋を見回した。

別に何度もこの部屋に入っているから物珍しいものなどない筈なのだが、真昼の性格上あまり観察するものでもなかったのだろう。それか、これからを考えて緊張をほぐすために意識を逸したのか。

真昼の真意は分からなかったものの、彼女は視線を机の上に向けて小さく笑った。

「……ぬいぐるみ、ちゃんと大切に飾ってくれてますよね」

そう言って指差すのは、ゴールデンウィークのデートで真昼がゲームセンターで獲得した猫のぬいぐるみだ。

周の部屋には些か不釣り合いかもしれないが、真昼が一生懸命努力して獲った上でくれたものなので、流石に仕舞い込むのも可哀想だし勿体なかったので置いている。

基本的に自室には人を入れないので別にいいだろう、と思っていたのだが、こうしてくれた本人から指摘されるとこそばゆいものがある。

「まあ埃が被らないようにしてるくらいだけどな。真昼みたいに抱えて寝るとかはしてない」

「ば、ばかにしてませんか」

「何でだよ、あんなに可愛いのに馬鹿にする理由ないだろ。大切にしてくれていて嬉しい」

去年の誕生日にあげたくまのぬいぐるみは真昼がいたく気に入っており、よく抱いて眠ってくれているようだ。たまに真昼宅に泊まった千歳から報告が上がっているので、余程なのだろう。

ぬいぐるみを抱き締めて寝ている事を言われるのは気恥ずかしいのか視線が少し泳いだ後周を責めるようにやや鋭くなるのだが、周が素直に褒めると棘が抜けてただ恥じらうだけになる。

「……周くんからもらったものは、ちゃんと大切にしてます」

「ありがとうな。……今日は持ってこなかったんだな、くまさん」

「その、今日は、周くんが居ますので」

「……うん」

果たして抱き枕にするのかされるのか、どちらを想定してきたのかは聞くつもりはないが、真昼が思うだけたくさん抱き締めてくれたならよい。

周も、思う存分真昼に触れるつもりではある。

早速抱き締めようかと思ったのだが、真昼が猫のぬいぐるみの側にいるお陰で、周も猫のぬいぐるみに視線が行く。

大きめに作られた、感情があるようでない、つぶらな瞳が、真昼を引き寄せようか考える周をじっと見ているような気がした。

子供に夫婦で仲睦まじくしていたところを見られてしまったような、そんなバツの悪さを感じる。まだ真昼とはそんな関係ではないので経験した事のない感覚なのだが、どうしてもそれに近しいものを感じてしまって、思わず周は椅子にかけてあったブランケットを無言で猫のぬいぐるみに被せた。

「……どうかしましたか？」

「い、いやその……何というか、見られてると落ち着かない気がして」

ぬいぐるみに見られるという事はないと分かっていても、何故だかこれから起こる、いや周が真昼にする事を見られるのはよくないと思ってしまった。

勿論周も自分の理性が焼き切れるような事にまでは発展させないつもりではあるが、それでもあの無垢な瞳に恋人達の睦み合いを映すのは躊躇われたのだ。

「ふふ、周くんも気にするのですね」

「うるさい」

「そういうところ可愛いですよね」

「くまさん抱き締めて寝てる真昼が言う台詞か」

「その話はさっき終わったでしょう、もうっ」

話を蒸し返されてぷりぷりと怒る様子を見せる真昼に周は笑って受け入れるのだが、それがどうも真昼は気に入らなかったらしくぽすぽすと自由な方の手を周の脇腹に押し付けている。

痛みは当然なく、むしろくすぐったさに真昼の可愛らしさが加わって心地よいくらいだ。

真昼は照れ隠しにこうした可愛らしい反撃をしてくるが、物理的な手段に出るのは周だけ。

周だからこそ、こうして触れて仕返しをしてくるのだと思うと、どうしても反抗するつもりも嫌がるつもりも湧かなかった。

　しばらく真昼は周にダイレクトアタックを繰り広げていたものの、全く効いた様子のない周に少しだけ恨みがましげな視線を向けてくるので、周は静かに微笑みながら軽い拳を作っていた手の自由を、奪う。

　といっても、掌を合わせるように指を絡めただけ。

　だというのに真昼は目を瞠った後、うっすらと頬を染めて視線を床に落とした。嫌ではないというのは分かっているので優しくにぎにぎと掌を刺激しながら、そのまま真昼の手を引いた。

　抵抗など一切なく、真昼は周が導くままに、ベッドに座る。

　ここで流石に顔を上げて僅かに目を丸くした姿を見せたのだが、周が手を離してそのまま真昼の隣に座って抱き寄せる。

「……その、風呂場の続き、よろしいでしょうか」

「は、はい」

　確認のために問い掛ければ少しだけ声にぎこちなさを含んだ肯定が聞こえてきた。

　嫌だとは思っていないが緊張は戻ってしまったな、と思いながらも、今更やめられる気もしなかったので、周は優しく真昼の顎を持ち上げて、唇にそっと噛み付いた。

　少しは慣れてきたのかは分からないが、すぐに頭が燃え盛るような熱情も劣情も湧く事はなかった。

湧き上がるのは、どこまでも沈み込みそうな、それこそ溺れそうなほどの愛しさと、緩やかに胸の内を温めていく高揚感だ。急き立てるような衝動より柔らかく包み込んで愛でたくなる衝動の方が強く、ゆっくりゆっくりと、真昼の強張りをほどくように丁寧な仕草で唇を重ねる。

触れ合うだけなのに、溶け合ったかのような心地よさがあって、ついついなめらかな感触を楽しもうと軽く啄むとくすぐったそうな笑い声が微かに聞こえた。

二人にしか聞こえない声、二人だけが聞こえる声。

その声がもっと聞きたくて、触れるだけだった口付けは自然と先に先に、深く深くと熱を求めるように強い結びつきになっていた。

こうして互いに熱を分かち合うような口付けはまだ慣れないが、それでも確かに真昼は周を受け入れてくれている。

喉に引っかかったような甘く掠れた声が口の端から漏れる度、言いようがない程の興奮を覚えてしまう。

単純なのは自覚していたが、こうなってしまえばどんどん熱が蓄積されて、背中を押すように周の勢いを増させていた。

ほっそりとした体の強張りは既になくなっており、むしろ力が抜けたように周に頼りなくもたれている。柔らかな肢体が薄衣越しに触れていると思うと、どうしようもなく、愛しくて、恋しくて――手が伸びていた。

抱き締めていた片手をネグリジェ越しに腰に触れさせると、口付けている周にしか分からないほどに僅かな震えが生まれる。

緩やかに掌で腰を撫で上げるとそれだけで身じろぎをして体を僅かにくねらせる真昼は、逃げる様子がない。ただ、周の掌の侵攻を受け入れている。

その事実が何より内側の熱に燃料を焚べていた。

半ば自然な、それが当たり前のような動作で掌がもっと上の柔らかい所に触れる前に、真昼が一度大きく体を揺らした。

そこで自分はいま何をしようとしていたか理解して、周は慌てて掌を退けようと真昼ごと離れるべく唇を吸うのをやめると、真昼はふやけたような真っ赤な顔のまま周を離すまいと自ら周の胸に顔を埋めた。

退けようと思った自身の手は、華奢な掌が行かないでと言わんばかりに重ねられている。

「……その、私が、お泊りをお願いした時に言った言葉、訂正するつもりは、ないです、から」

胸に吸い込まれるせいでややくぐもった声が確かにそんな言葉を紡いで、今度は周が体を強張らせた。

ちらりと見上げてくる真昼と目が合う。

口付けのせいかすっかりと火照った顔の真昼は、懇願にも似たものを漂わせている。

カラメル色の瞳は今にも甘い雫を滴らせそうなほどに濡れながら、周の挙動をおずおずと窺っていた。

思わず、生唾をのみ込む。

恐らく、いや確実に、真昼は周のする事を受け入れてくれるだろう。

それが真昼の一つしかない大切なものをいただく事になっても、彼女はそれを受け入れるし、喜んで差し出すのではないかと思うほどだ。

それだけ周を信用しているし、愛している。

周にも、その自負はある。

その信頼と愛情に、応えていいのか。

ぐるりぐるりと、様々な葛藤が体の中で渦巻く。

今か今かと体を急き立てる欲求が、心底彼女を愛したいという感情が、理性を壊そうと衝突していた。

息を吐くと、真昼が震える。

自分がどうなるか全て周に任せているので、自分の行く先が期待と不安でいっぱいなのかもしれない。

女性はこういった場面では受け身にならざるを得ない。小さくて、頼りない体。もしもがあれば後に響くのは、受け身側だ。

それを考えれば、周の答えは出ていた。

「その、だな」

「は、はい」

「俺個人の事を言えば、真昼をものにしたいと、思う」

「……はい」

どれだけ真昼と結ばれる日が来るのを待ち望んだのか、彼女は知らないだろう。

いくら初心と樹達から笑われるような周でも当然欲求はあるし、夢に見た事もある。付き合ってからは、強大な罪悪感と居たたまれなさを感じながらも慰めるために妄想で穢(けが)した事もある。

それでも実際に真昼に手を延ばすのが躊躇われたのは、ひとえに先を見据えての事だった。

「……でも、だな。その、責任が取れる歳(とし)ではないし、もしもがあった時、困るのは真昼だと思う。いや、もちろん責任は取るんだけど、すぐに法的に明確な関係を約束出来る訳じゃない」

責任を取る手段は一つしかない。

ただ、法律上、婚姻は十八歳になってからだ。

今行為に及んでもしもがあれば、学生の内に産む事になる。どれだけ知識をつけて対策もして結ばれたとしても、それは確率を減らすものであって確実に防げるものではない。

そうすれば、真昼の今後の人生に関(かか)わってくるし、真昼に心ない言葉を投げつけてくる人間が現れるかもしれない。周がした事で、真昼が傷つく。真昼が、先にあった望みを諦(あきら)めてしまう。

この衝動一つを満たすために、真昼のこれからを犠牲にするなんて、周に出来る筈がなかった。

「俺は、真昼が好きだからこそ、真昼を尊重したいと思う。将来真昼がしたい事、学びたい事が出来た時に、俺がそれを阻害してしまうのは望ましくない。これから長く隣で過ごす事を考えたら、いっときの感情と欲求に、真昼の人生が損なわれる事があってはならないと、思う」

「……はい」

「真昼と一生を共に歩く覚悟はある。ただ、俺は……」

「それ以上はいいですよ」

続けようとした言葉を遮られて、へたれだと罵られるかと思ったら、真昼は困ったような、それでいて想定外の幸福を授かったようなあどけない笑みを浮かべた。

「周くんが、私の事を最大限尊重してくれているのも、深く愛してくれているのも、分かりました。こんなにも大切にしてもらっているなんて、私は……すごく、幸せ者です」

心底満たされたように笑った真昼は、周に軽く口付けて至近距離でもう一度微笑む。

「……そんな周くんを、心の底から愛しています」

誰よりも幸せで満ち溢れた笑みを湛えている愛しい女性に、今度は周から口付けて小さな体を改めて包み込んだ。

「俺が責任取れるようになるまで、待ってくれますか」

周の葛藤をその体で理解したらしい真昼はほんのり視線を下向かせた後、はにかんで頷いて周の胸に顔を埋めた。

きっと、うるさいくらいの心音の出迎えに見舞われているだろう。

「それまで、大切に大切にされておきます」

誰が聞いても幸せそうだと断言出来そうなほどに優しく満ち足りた声でそう告げた真昼は、周の胸から半分ほど顔を上げて幸福感でいっぱいの微笑みを見せてくれた。

そんな真昼を抱き締め直して「大切にします」と囁き、そっとその体の温もりと柔らかさを感じる。

勿論選択に後悔はない。真昼を大切にしたい気持ちに嘘はない。一生涯にわたって真昼を側で幸せにしていく覚悟がある。

ただ、体がそろそろ悲鳴を上げそうなので、少しだけ、許してほしかった。

「……あのさ」

「はい？」

「情けない事言っていい？」

「どうぞ。愛しい人のかっこいいところも、情けないところも、お願いも、全部受け入れますよ」

寛容な態度を見せている真昼に微妙にうろたえつつも、周は真昼の首筋に口付け、意を決して口を開いた。

「……その、だな。……少しだけ、触れてもいいか」

先程の覚悟を無駄にするつもりはない。誓いを破る事は有り得ない。

ただ、頭がどうにかなりそうな欲求に、少しだけ息抜きさせてほしかった。

真昼は周からの要望は想定外だったらしくぱちくりと大きく瞬きした後、顔を分かりやすく赤らめた。

ただ、それは拒絶の色ではなく、許諾の色だったらしく、恥ずかしげに一度周を見上げた後に瞳を伏せた。

「……お、お手柔らかに、お願いします」

囁くような声に、うっすらと期待すら滲(にじ)んでいると思ってしまう自分は、愚かなのかもしれない。

それでも真昼が受け入れてくれた事に喜びを噛み締(し)め、周はそっと真昼の手を引いて、ベッドに倒れ込んだ。

第2話　心に秘めた決意

朝目を覚ますと、腕の中には昨夜抱き締めて眠りについた筈の真昼は居なかった。

まだまだ瞼が重い状態でゆっくりと辺りの様子を見れば、真昼が居た痕跡は隣に空いたスペースだけ……かと思ったのだが、何故か猫のぬいぐるみがベッドの端に置かれてこちらを窺っている。

ブランケットで何も見せないようにしていたぬいぐるみは、誰かさんの仕業か周の側にまでやってきていて、相変わらずの丸々としたつぶらな瞳を主張させていた。

その瞳に映る自分がどこかすっきりした顔をしている事に気付いて、そこから昨夜を思い出して気恥ずかしさと居たたまれなさにぬいぐるみの顔を壁側に向けてしまう。

（……可愛かった）

周の誓い通り、そして真昼の願い通り、かなりお手柔らかに真昼に触れたつもりだった。

それでも、真昼にとってはかなり刺激が強かったのか、周も知らなかった一面を見せてもらった。

耳に響くか細く上擦った声、上気した肌を滑る汗、自分には持ち得ない柔らかな感触、信頼と期待にとろけた瞳――何もかも鮮明に焼き付いており、周の理性を甘く苛むものだった。

若干昨夜は理性が飛んでいた気がしなくもないが、それでも、誓いを破るような不誠実な真似はしていないとだけは断言出来る。

それはそれとして、誓いを破らない程度に触れた事も、確かなのだが。

思い出すだけで腰の居心地が悪くなるので出来る限り脳から追い出しつつ起き上がれば、扉の方から金具が軋む音がした。

「……起きましたか？」

隙間からひょっこり顔を現したのは真昼で、身に付けたエプロンからして朝ご飯を作っていたようだ。先に着替えたらしく私服姿になっている。

昨日のネグリジェは皺になってしまったので当然着替えるだろうが、もう少し見ていたかったという気持ちも否めない。昨夜たっぷり眺めたので文句は言えず「おはよう」と寝起きのせいでやや掠れた声で返す。

真昼は一瞬、周を見て頬を赤らめたが、それでも逃げる事はしなかった。

「朝ご飯、出来てますから着替えて顔を洗ってきてください」

「……うん」

その台詞はまるで同棲しているようで、なんともくすぐったい。実際毎日この家に来て寝るギリギリまで滞在するので、半ば同棲しているようなものだが。

「今日の朝ご飯は？」

「ご飯と出汁巻きとお味噌汁、作り置きのきんぴらごぼうと冷奴に冷凍していた鮭ですよ」

「朝から贅沢なご飯だな。……すげえ夢みたいだ」

「大袈裟ですよ？　寝ぼけていらっしゃるなら、起こしてあげますけど」

廊下から部屋に戻ってきた真昼は周の側に近づくと、うにうにと頬を摘んでくる。

痛くしていないあたり起こすというよりはスキンシップしにきたという方が正しいだろう。

ぷにぷにと頬を触って満足そうな真昼に、周も陽だまりが胸に出来たような温もりと幸福感を感じつつ、真昼の首筋に掌をそっと触れさせて軽く襟を摘んで持ち上げる。

先程まで服で隠れていた首の付け根あたりの、周が触れた場所には、ぽとんと雪に落ちた椿のように小さな赤い痕が落ちている。

うっすらとしたそれは、制服に隠れる位置で目立つものではないのだが、付けた当事者としては中々に刺激的な光景だ。

これが服の内側に続く事を知っているのは、二人だけだろう。

「……当分隠さないとな」

「あ、周くんのせいじゃないですか」

「そこについては本当にごめん。……こう、自制が……」

見える場所にあると真昼が困るというのは理性で分かっていたのだが、ゆだった頭は新雪を踏み荒らしたいと思ってしまって、無意識に唇を寄せていたのだ。

サッと服を整えた真昼が痕よりも真っ赤な顔になって押し黙ったので、あまり昨夜の事を思い出させるとしばらく口を利いてくれなさそうだ。

確実に周よりも真昼の方が、人に初めて見せる表情を多く晒したので、そのあたりを掘り下げるのはやめておきたい。藪をつついて朝食抜きにされるのは御免である。

それに、周は周で、思い出すと顔を洗うだけでは済まなくなるだろう。

「と、とにかく、早く着替えて顔洗ってきてください。頭冷やしてください」

「……真昼の方が冷やした方がよさそうなんだけど」

「何か言いましたか」

「いいえ、何でもないです」

明らかに周よりも熱がこもってそうな顔の真昼に軽く睨まれて、周は唇を結んで着ていたシャツに手をかける。

途端に真昼が「ひゃっ」と情けない声を上げて足早に部屋を出ていくものだから、つい笑ってしまった。

（昨日は興味津々だったのに）

躊躇いながらも二人だけの秘密を沢山作った恋人とは同一人物と思えないくらいに恥ずかしがって逃げた真昼に、周は肩を震わせて笑いながら用意していた私服に着替えるのであった。

真昼の作ってくれた朝食を残さず平らげソファで一息つくのだが、隣に座った真昼の様子がおかしかった。

いつもならぴたりと寄り添うまでは行かなくても触れ合いそうな距離に落ち着くのだが、今日の真昼は少し距離を開けてぎこちない様子を見せている。

手でも握ろうものなら怯える小動物のようにぴくっと体を揺らすので、罪悪感が湧いてくるほどだ。

「……その、滅茶苦茶距離を感じるんですが」

「い、いえ、その、仕方ないでしょう。周くんが悪いです。だって、いっぱい……その、触れたから、意識するに決まってます」

食事中は多少ぎこちなくも普段通りに接していたのだが、こうして改めて二人で座ると思い出してくるらしく恥ずかしいようだ。

幸い真昼がこちらを嫌っている様子は全くなく、頬を染めて瞳を伏せている。

「まあ、その、それは俺が悪いのは認める。嫌だった、か？」

「い、嫌とは言ってませんし私から受け入れたので……う、嬉しいです、し。そ、そうじゃなくて、恥ずかしいからこうして何もしないでくっついていると思い出して困るだけですっ」

「そう、か。……別に俺も恥ずかしくない訳じゃないけど……それより、もっと一緒に居たい、から」

　勿論周も全く恥ずかしくないといえば嘘になる。

思い出せば思い出すほどお互いに秘密を分かち合った事が恥ずかしくなるし、普段の自分では考えられない事をしたという事実に悶えたくなる。そして、考えたら温もりも感触も何もかもが蘇って真昼の事を欲しくなってしまう。

　それでも、周が比較的落ち着いてるのは、昨夜誓った約束がきちんと胸の奥にあって、それが自分を留める楔となっているからだろう。

「そ、そんな事言われたら恥ずかしがってるこっちに問題があるみたいじゃないですか、もう」

「……駄目か？」

「駄目では、ないです」

　ずるい、と小さく呟いた真昼が今まで空けていた距離を詰めて、触れ合うほど近くに座った。

　その拍子にふわりと漂う香りは真昼本来のものに加えて自分の使っている柔軟剤の匂いがして、なんとも面映ゆさを感じた。

（……自分の匂いが恋人からするっていいな）

　もしかしたら気付かなかっただけで以前から真昼は周の香りを身にまとっているのかもしれないが、こうして泊まると改めて真昼が自分に少しずつ馴染んでここに居るのが当たり前だという事になっていられる事に気付かされて、胸がじわりと滲むような温かさを覚える。

もっと自分に溶け込んでくれたらいいのに、と思うあたり、自分も真昼に惚れ込んでいるのだとしみじみ思った。

「……その、そういえば、志保子さん達は今ホテルにいらっしゃるのですよね？」

真昼の手を握りながら穏やかな温もりと心地よさに瞳を細めていると、おずおずといった様子の真昼が小さく問いかける。

「ん？　ああ、そうだな。また午後から来るって連絡きてたよ。何か計ったようなタイミングで怖さを覚えるけどな」

　こちらに泊まるという選択肢もあっただろうに、志保子も修斗もホテルをわざわざ予約してこちらに来たらしい。

　二人がこちらに泊まるなら昨夜の真昼との出来事は起こらなかったので、結果として周としては悪いものではなかったのだが、色々と複雑である。

「ちなみに、あー、……報告とかされると流石に恥ずかしいので、ぼかしてくれ」

「は、はい」

「見抜かれそうなあたりが怖いというか、勘違いを加速させそうというか、母さんが暴走しない方がいいから迂闊な事は言わないでくれるか」

「だ、大丈夫ですよ？」

「どうだか。真昼は傍から見てたら分かりやすい態度取る事が多くなってきたからな、もしかしたら見抜いて勝手に一人でに興奮しだすかもしれないぞ？」

付き合い始めてありのままの姿を学校でも見せるようになった真昼は、自然な笑顔と感情表現をするようになった。あからさまに感情を見せるかといえばそうでもないが、近しい人が見たら非常に分かりやすくなっている。

その相手が志保子なら尚更だ。真昼もすっかり打ち解けて親しんでくれているのだが、その親しみが今回は仇（あだ）になりかねない。

無駄に鋭い志保子が勘付いて何かしら指摘して真昼がボロを出すというのもありうるので、真昼には気を付けてほしいところである。

「もう、周くんってば。勝手に興奮すると実の親を評するのもどうかと思いますけど」

「実際暴走気味だろ」

「……否定はしきれませんが、それでも優しくて思いやりのある方なのは間違いないですから」

「それとこれとは話が別ですー、俺はにやにやされるのが嫌なの」

将来的な娘にも暴走気味は否定されなかった志保子であるが、真昼の意見も分かるには分かる。

周も人として、母親として志保子の事は好きであるが、勢い余って根掘り葉掘り聞いたりちょっかい出してくる可能性が否めないからそういうところは苦手である。

「分かっていますよ。……そ、その、今は、私も、誰にも言いたくないです、し」

「……うん」

流石の真昼も千歳にすら言うつもりはないのか、気恥ずかしさをありありと瞳に湛えている。うっすら頬が赤くなっているのは、恐らく自分で言って思い出したからであろう。こちらをちらりと見ては我慢出来ないように視線を泳がせていた。

それでも離れようとはしないあたり、真昼からの愛情を感じる。

「……志保子さん達は、午後から来るのですよね？」

「ああ、そう聞いてるけど……どうかした？」

何か問題が、と首を傾げるのだが、真昼がこちらを窺う瞳が熱っぽさを孕んでいて、少し胸が疼く。

「い、いえ、その、も、もうちょっと、二人きりで居られるんだな、と」

何とも可愛らしい言葉を続けた真昼につい口元が緩んでしまって、少しいじわるに「毎日二人きりだと思うけど？」と返してしまう。

「そ、それはそうですけど……その、きょ、今日は、特別です」

今日は、真昼が周の事を心から受け入れて温もりを分かち合い、お互いに覚悟を決めた日だ。

真昼の言う特別、も分かるものがある。

「……そうだな。母さん達が来るまで、ゆっくりしようか」

「はい」

ただ、改めてその特別を意識するのも気恥ずかしいので小さく笑い、真昼の手を優しく握って、改めて彼女の温もりに浸るのであった。

「真昼ちゃーん、文化祭ぶりねえ」

周達が昼食を食べ終わって一息ついたところで、相変わらずの賑やかな風を纏って志保子と修斗が姿を見せた。

昨日会ったぶりだというのに、志保子は大仰に再会の喜びを体で示すように真昼に抱き着いているので、周としては何をしているのかとちょっと目を眇めてしまった。

「まだ一日しか経ってないのに久し振りみたいな雰囲気出してるの何なんだ」

「あら、可愛い娘と一日も離れてたのよ？　寂しいに決まってるじゃない」

「再会するまで一ヶ月以上離れてただろ」

前回、正しくは前々回だが志保子達が真昼と顔を合わせたのは実家帰省の最終日から一ヶ月以上経っている。なので文化祭で再会した時ならその喜びっぷりは分かるのだが、今日も同じような勢いなのはいまいち理解出来ない。

あんまりにもうきうきといった様子の志保子を修斗は穏やかに見守っているので、真昼にくっつくのを止める気はないようだ。

「細かい事言わないの。恋しいものは恋しいの」

「真昼、ウザかったら引き剝がしていいからな」

「もう、周くんってば。わ、私は嬉しいですし……」

実際志保子に構われるのは好きらしい真昼なので嘘はついていないのだが、あまりの勢いに押される事もしばしばであり、会えばたじたじになっている姿を見かける。

当然真昼が志保子の事を好きで受け入れている事も、喜んでいる事も分かっているのだが……彼氏以上に母親が勢いとスキンシップが激しいのは彼氏としていいのかどうか悩むところだ。

呆れ顔の周の発言に不服そうなのは志保子で、息子ながら年齢を疑いそうになる若々しい顔でぷくりと頰を膨らませてみせた。

敢えてそういう仕草をしているのは分かっているが、実の息子としてはもう少し落ち着きが欲しいし外でやられたら恥ずかしくて悶えそうな姿である。

「全く、周もこの可愛さを見習いなさい」

「俺がこんないい子になったら母さん引くだろ」

「まあそうねえ、でも昔は周も天使みたいに可愛かったからねえ……いえ、今はツンツンして可愛げがないけど」

「可愛げがなくて悪うございましたね」

「あらあら拗ねてるの？　そういうところは可愛いのにねえ」

「奇妙な解釈はやめろ！」

「まっ、折角褒めたのに！」

「まあまあ。周も母親に可愛いと褒められたら複雑になる年頃なんだよ。男の矜持(きょうじ)もあるからね」

「あらー。そういうところも可愛いのねえ、照れちゃってまあ」

「怒っていい？」

　修斗の援護が援護ではないため、周は目尻がひくひくと暴(あば)れそうなのを抑えながら仲睦まじすぎる夫婦を睨むのだが、そこに仲裁として入ってきたのが真昼だ。

　真昼としては喧嘩(けんか)してほしくないようだが、周は別に本気で苛(いら)ついている訳でも喧嘩がしたい訳でもない。それはそれとして志保子のからかうような口ぶりにほんのり苛立っているが。

「あ、周くん落ち着いて」

「俺は落ち着いてますー誰かさんがうるさいだけですー」

「あーら、それはどうだか。というか人のせいにしてはいけません」

「どの口が言うんだ」

「こら、そこまで。志保子さんはそろそろお口を結ばないと周が口を利かなくなるよ。周も志保子さんが構ってほしがりなのは知ってるだろう、感情的に言い返して隙を与えない」

「……はーい」

こういう時に中立として仲裁に入るのは修斗であり、志保子を静かにさせられるのも修斗だけだ。

周も志保子も本気ではないと分かっていたものの、これ以上続くと長くなるだろうという事を嗅ぎ取って止めに来た修斗には周も志保子も大人しく従う。

「折角お休みを取ってまで来たんだから、お互いにもっとゆっくり過ごしたいだろう？」

そう言って志保子の背中をぽんぽんと叩き周に微笑みかける修斗の笑顔の和やかさは誰でも毒気を抜かれそうなもので、周は素直に出しかけていた鉾を納めて「小さい事で気を立てて悪かったよ」と謝ると、志保子も素直に「からかいすぎたわ、ごめんね」と返してくる。

ここで互いに我を張っても意味がない事を分かっているので、実家でもこうしてお互いに謝れば水に流すという事を徹底していた。

それはそれとして、大人気ないとは分かっていたもののささやかな仕返しとして志保子の手から真昼を奪還して引き寄せておくと、志保子は不満げだったものの真昼が満更でもない様子を見せていたのですぐににまにまとした表情を見せた。

むしろ喜ばせた気がしなくもない、と思いつつも真昼が喜んでいるならこれでいいのだろう。

「……つーか、よく母さん達二人で休み合わせて数日取れたよな」

周としては、共働き且つそれなりに仕事が詰まっている二人が予定を合わせてまで来るのは意外である。

いくら二人の職場が比較的休みを取りやすく子育てや学校行事の参加に理解があるとはいえ、もう周もいい年齢であるし子供の文化祭という理由で休めるのかと不思議だった。

「まあ私の場合は納期よりかなり早く仕上げて時間都合つけられたもの。修斗さんも運良くお休みもらえたし」

「別に、わざわざここまで来なくても、二人でゆっくりすればよかったのに」

「あら、文化祭見せたくなかったって事？」

「ちげーよここまでそれなりに遠いしわざわざ来るより夫婦水入らずの方がよかったんじゃないかって話だよ」

正直言って、真昼を伴った実家帰省では見せなかったものの二人は収入がいい代わりにそれなりに多忙であり、貴重な休みを息子の文化祭に使わせるのは申し訳なさがあった。

車でわざわざここまで来るのは時間がかかるし体力も要る。しかし実際に学校行事を見られるのは半日にも満たない時間だけ。

それならば普段疲れている二人の体を労る事に使ってほしかったが、そんな周の心配と気遣い半々の言葉を軽やかに笑い飛ばした志保子は「周ったらおばかさんねえ」と悪戯めいた笑みを浮かべる。

「家でいつも夫婦水入らずだもの。今の周が参加する文化祭は今しかないんだから、優先するに決まってるじゃない。こういう機会に息子と娘に会いに来たっていいでしょ」

「……そうかよ」

すっかり娘扱いしている事を突っ込むより、大切に思われている事の気恥ずかしさを押し隠す事の方に神経を集中せねばならず、つい尖ったような不貞腐れたような声が出たのだが、志保子はそんな周に喉を鳴らして笑う。

「まあ、流石にほやほや夫婦のお邪魔をするのは悪いと思ってホテルは取ったのだけど」

「うるさい余計なお世話だ」

そのお世話のお陰もあって昨日の事があったのだが、とても言える筈がない。

「……あらまあ」

「なんだよ」

「いえ何でも。しかしたまにはホテルに泊まるのもよいものねえ、ちょっと奮発したの正解だったわ」

「そうだね、この辺りは私達の住んでいる所より栄えているし夜景が綺麗だったよ」

何か言いたげだった志保子に鋭い視線を向けても志保子は言うつもりはなかったらしく、わざとらしく話を変えて修斗に笑いかけている。

修斗もそれを汲んだのか、特に咎める必要もなかったのか、頷きながら昨夜泊まったホテルのフロントがどうだだの窓からの景色だの周囲の発展具合だの話していた。

まあ二人が楽しかったなら何も言う事はないので周としてもそれ以上口を挟む事はないのだ

が、ふと思い出したように志保子がこちらに視線を向けてきた。

「二人は昨日はお泊りしたみたいだけどほんと仲いいわよねえ」

危うく咳き込みそうになって堪え、それから真昼をちらりと見るとブンブンと首を振っている。

流石に周も真昼が話したとは疑っていない。両親が周の家にやってきてそのまま四人で話し始めたため、そもそもの話として泊まったと話すタイミングがなかったのは分かる。

ただそれだけに、何故そんな事を言い出したのかが分からず思わず渋面になってしまう。

真昼に分かりやすいと言っておきながら自分が肯定するような顔をしてしまっては世話がないのだが、志保子は二人の様子を気に留めた様子がない。

「そこの真昼ちゃんの鞄の中身がちらっと見えちゃったから聞いてみたんだけど、本当だったのね」

言われて志保子の視線を追うと、ソファの横に沿うように昨日浴室に持ってきた各種お手入れセットが置かれている。

カマをかけられた事に怒ればいいのか、これだけで泊まりに来たと見抜いた事を恐れればいいのか。

眉間の皺を深めたものの、この態度を見せてしまったなら言い逃れなど出来そうにもないので「うるさい悪いか」と不貞腐れた声を返せば優雅に、そして愉快そうに笑う。

「いえ？　もうこの歳になってそのあたりあれこれ言うと周も辟易するでしょ。どうせ周は修斗さんに似て一途で生真面目なんだから心配はしてないわよ」

「その割に志保子さんは茶々を入れてるけどねえ」

「ふふ、これくらいは許して頂戴な。可愛い息子ですもの」

余裕たっぷりに笑ってみせる志保子に抵抗感はあったものの、最早勝てる訳がないと諦めてため息をつく。

そんな周に相変わらずの笑みを浮かべていた志保子だったが、ひとしきり笑った後視線が真昼に向かう。

「あ、そうだ周。真昼ちゃんとお出かけしてもいいかしら」

真昼を見ているのに周に問いかけるというちぐはぐさに顔を顰めつつ、急に何なんだと瞳を細めた。

「俺に聞くんじゃなくて真昼に聞いてくれ」

「もちろん聞くけど、周ってば独占欲が強いから駄目って言い出しそうなんですもの」

「あのなあ。俺は確かに独占欲は強いけど真昼の行動を制限するつもりはない。俺の彼女だからって真昼はあくまで一人の人間だろ。個人の意見や行動を強制するつもりはない」

別に交際しているからといって真昼が何をしようが周に制限する権利などある訳がない。意見を述べる事はあっても、それを強制する事はしないし、したくない。

いくら親しかろうが、愛しいパートナーであろうが、自分とは別の人格を持った他人。それを思いのままにしようとする方がおかしいだろう。

なので真昼が志保子とお出かけを選ぶならその選択は尊重されるべきである。周の出来る事は、真昼に変な事や情報を漏らさないように、とお願いする事くらいだ。

何を当たり前の事を、という眼差しを志保子に向けるのだが、志保子はその呆れにも似た視線を嬉しそうに受け止めている。

「うふふ、よかったわね真昼ちゃん、こういう時によく分かるけど真っ直ぐで誠実なタイプなのよ」

「は、はい」

「母さんに言われると褒められてる気がしない」

「もー、素直に受け取ってほしいのに。ねえ修斗さん」

「そうだねえ」

「父さんまで……」

志保子に言われるとからかわれているように聞こえて真正面から受け取るのを避けるのだが、修斗から褒められると妙にむず痒さを感じるのだ。

基本的に修斗はお世辞は言わないタイプであるし、悪い所はきっちりと指摘するタイプだからこそ、褒められた時は本気で褒めてくれているのだと分かるのでそれがどうも落ち着かない。

なので修斗に真正面から大真面目に褒められると周としては恥ずかしくて居たたまれなくな

るのだが、今の修斗には周の気持ちが分からない、というよりは分かっていて敢えて称賛に繋げている。

「実際、周は懐に入れた人には優しいし誠実であろうとするからね。言葉や態度は素直じゃないけど本質的には思いやりのある子な訳だし、普段の周を知ってる人なら照れ隠しって分かるから」

「さ、さっきから何なんだよ……やめろって」

「滅多にない子供との時間なんだから褒めたっていいだろう？」

「もういい！」

どこまでも邪気も他意もないにこやかな笑顔で言われてしまえば怒る事も出来ず、羞恥を頬に集めるくらいしか出来ないのがもどかしい。

一気に熱くなった顔を見られたくなくてそっぽを向くのだが、側で鈴を転がしたような涼やかな笑い声が耳朶をくすぐった。

「周、修斗さん相手だと弱いのよねえ。周のつっけんどんな物言いは修斗さんのふんわり感に巧みにいなされて宥められるから」

「それは思います」

「普段は澄ましてるのにこういうところはまだまだ子供らしいって思うのよね」

「そこが可愛いのでは？」

「ふふ、そうねえ」

「おいそこ」

　自分達が対象ではないからと余裕そうに観察してくる親と恋人を睨みつけると、志保子は素知らぬ顔で真昼に笑いかけた。

「あ、今更なのだけどお出かけにお誘いしてもいいかしら。折角のお休みの日にお邪魔するのは申し訳ないとは思うんだけど、こんな機会でもないとこの辺りを一緒にうろつけないいんですもの」

「はい、是非私も志保子さんとお出かけしたいです」

「それじゃあ決まりね！」

　二人で周について勝手に盛り上がっていた事を責めるように不服も露に視線を送っていたのだが無視した挙げ句、手早くお出かけを取り付けているので、周としては多少文句を言ってもいいのではないかと思う。

　出かけるのは彼女達の勝手であるが、こちらの評価について色々と物申したい事があった。

「俺を無視して話を進めないでくれるか？」

「あら、女子会に入りたいと？」

「それは別に必要ないけど……もういい」

　恐らく何を言ってもいいようにあしらわれそうなので、周はこれみよがしに諦めのため息をついてみせる事でささやかながらも不服を申し立て、修斗に視線を送る。

「二人が出かけるんなら父さんはどうするつもりなんだ」

「ああ、修斗さんは周とお話があるそうだから」

「……話？」

志保子からならどうせ真昼関連なんだろうなと想像がつくが、修斗から何を言われるのかあまり想像が出来ないので思わず修斗の顔を見ても、穏やかに微笑まれるだけ。

基本的に柔和な表情が浮かんでいる修斗は心の内を読めない人なので、何を考えているのか分からず周としては少し警戒してしまう。

性格上周に何か変な事や無理難題を吹っ掛ける人ではないためそこは安心しているが、だからこそ何を言われるのか分からなかった。

「たまには二人で語らおうかと思って。ほら、周は志保子さんが居るとよく志保子さんにツッコミを入れて落ち着かないからね」

「誰のせいなんだろうなそれは」

「周が細かい事を気にしすぎなのが悪いのよ。ねー？」

志保子が小首を傾げて真昼に同意を求めているが、真昼は困ったように淡い微笑みを浮かべるだけに留めている。

（母さんが変な事を言い出して俺にツッコませているのは真昼も分かってるんだな）

苦笑いというよりは角の立たなそうな曖昧な笑みを浮かべている真昼に、真昼も素直に言ってもいいんだぞ、と心の中でメッセージを送っておいた。

「少なくとも真昼から同意は得られてないぞ」

「うるさいわね。まあいいのよ、私は私で真昼ちゃんと沢山話したい事あるもの」

「余計な事を吹き込もうとするなよ」

「信用がないわねえ。心配しなくても、私はそのあたり弁えてるわよ。あなたが本当に嫌がる事をする訳ないでしょう。女の子同士お話ししてくるだけよ」

にっこりと圧をかけられては止めようがなく、保険をかける意味で真昼に目をやれば「大丈夫ですよ」と信用していいのか悪いのか分からない自信を見せた真昼の微笑みをもらった。

「さ、真昼ちゃん行きましょうか」

「あ、ま、待ってください、一度うちに帰って準備を」

まあ流石の志保子も真昼が話したがらない事は聞かないだろう、と信じておき、軽やかな足取りで手を繋いで家を出ていく二人を見送った。

残された周と修斗であるが、周としてはすっかり静かになった事に安堵を感じている。親として志保子は大切であるし好きでもあるが、テンションの違いについていくのが辛いしイラッとくる事もあるので、やはり解放直後はほっとしてしまうのだ。

「……嵐というか何というか、母さんが来ると良くも悪くも騒々しくなるな。普段こんなに賑やかじゃないし」

いつでも明るく周りに笑顔を振り撒く志保子は、藤宮家のムードメーカーであり実家近所の人気者でもある。

いつもにこやかでお話好きな彼女はコミュニケーション力も高く、お人好しでありつつ切り捨てる時は切り捨てるござっぱりした面も持ち合わせた、人に好かれやすい人だと息子でも思う。

外でも家でもその気質は変わらないので、やはり身内だけの空間でも中々な賑やかさを発揮していた。

「普段二人はあんまり話さないのかい？」

「話さないっていうか、母さんほどテンション高くない」

お互いに二人では穏やかに会話するタイプであるし、元々周も真昼も口数は多くない。何も話さず側に居て静かに過ごす事も多いので、志保子のようにエネルギッシュな会話を連発する事はまずないのだ。

「はは、二人とも落ち着いてるからね」

「母さんが落ち着きないだけじゃないのか」

「こら、そういう事言わない。周があまり見た事ないだけで、志保子さんも案外家では静かだよ」

「えー、母さん黙ってるの想像つかないんだけど」

周が物心ついた時から、志保子は賑やかな人だった。

いつも屈託のない笑顔とからかいつつも優しい言動を欠かした事はなく、明るく場の空気を温める、太陽のような存在だった。少なくとも、周はその明るさに何度も救われてきた。

喋っていないと落ち着かないのではないか、と思うくらいにパワフルな人だという事を今まで見てきた身としては、物静かな母親など想像出来ない。

「ふふ、周には志保子さんが賑やかな人に見えるだろうからねえ」

「父さんにはどう見えてるの」

「そうだねえ、私には寂しがりの甘えん坊さんに見えるよ。周がこっちに来てから寂しい寂しいってずっと言ってるからね」

「そんな様子見せないのに？」

冗談で笑いながら寂しいと言っていた事はあったが、本気で寂しがっているところなど思いもしなかった。

しっかりとして周の意思も尊重してくれた志保子は、周がこの地に進学する時も笑顔で見送ったし、引き止める様子も全く見られず、修斗の言う寂しがりという評価があまりにも自分がくだした評価とはかけ離れている。

顔で周が驚いているのに気付いているらしい修斗は、僅かに困ったように眉を下げて笑う。

「志保子さんも分別のある大人だからね、子離れはしないといけないと分かっているのさ。離れたがらない様子を見せたら、周が気を使っちゃうだろう？　周は自分で道を決めたのに、親の感情と都合で引き留めては駄目だって表には出さないようにしてるからね」

「……それ、俺に言っちゃ駄目なやつだろ」

「ほんとだ。内緒にしておいてね」

少し茶目っ気を混ぜた笑顔を浮かべた修斗に、周は何とも言えない気持ちになりながら唇を結ぶのだが、修斗はそんな周を柔らかな眼差しで見つめた。

「周は気にしなくていいんだよ。私も志保子さんも、君が健やかに幸せに過ごしてくれたら一番なんだから。本当に、周が自分らしく生きてくれるのが、親としては何よりの幸せだ」

「……ああ。すごく幸せ者だと思う」

「それはよかった。私もそんな息子を持ててよかったよ」

どこまでも澄んだ瞳で微笑まれて、周も素直に受け止められた。

どことなく気恥ずかしさは感じるものの、それが心地よいと感じられるのは、周の尖っていたところが年月と周囲の環境によって丸くなってきたお陰だろう。

以前の捻くれが強かった周なら、両親の言葉を正面から受け入れる事は出来なかったと思う。

「それで、周に一つ話があるんだけどね」

「……話？」

そういえば修斗は周に何か話したい事があるからと残った事を思い出して首を傾げると、修斗は意図の読めない穏やかな笑顔を湛えた。

「そうだね。見ていてよく分かるけど、椎名さんとは本当に仲睦まじいね」

「それは……まあ、うん。付き合ってるからってのもあるけど、仲はかなりいいと思うよ」

揶揄するでなく感心したような、安心したような、そんな声音だったので、周も声からトゲを抜いて返す。

修斗は二人の交際事情について根掘り葉掘り聞くような性格ではないと分かっているが、やはりそっち方面について聞かれると思うと身構えてしまうのだ。

ただ、周が予想していたような問いかけは飛んでこず、嬉しそうに「仲がいいのはいいことだよ」と微笑んでいるので、毒気が抜けていく。

「……ほんとに、父さんは何にも言わないよなあ」

「聞かれたら恥ずかしがるのが周だからね。拗ねちゃうだろうし」

「うるさい」

全て見抜かれているようで気恥ずかしく、目を逸らせば笑い声が聞こえた。

「それに、その様子だと何もしていなさそうだからね」

思い切り咳き込んだ。

確信したような声音に、母さんよりある意味たちが悪い、とむせかけたので呼吸を整えつつ修斗を見れば、いつもの微笑みが出迎える。

「まあ、私がとやかく言う事ではないだろう？　周の事だから、よく考えた上で過ごしたんだろうし。君のいいところであり損するところだよ」

「……後々の事を考えればこれが正しい」

「我が息子ながら高校生なのによく理性的になっているというか。まあ、ベタぼれなのは分かり切ってるけど」

「……仕方ないだろ」

「うん、そうだね」

私もそうだったからね、としばらく笑った修斗は、ふと笑みを抑えた表情で周を見つめる。

「それで、本題なんだけども」

「ん？」

「費用の事は心配ないよ？」

その一言に、周は身を強張らせた。

周も真昼も、共通認識として将来的には結婚するというものがある。だからこそ今は真昼の体とこれからを大切にして今は体を重ねない選択をした。納得の上での、昨夜の出来事だ。

そこから先の、現実的な問題——費用面での事や、真昼の両親からの許可などは、周が真昼には話さずに考えている事だった。

結婚するなら当たり前ではあるが金銭的な問題が出てくる。式や住まい、収入等どうするか、籍を入れた後の事を考えれば、夢を見るだけでは食べていけないと考えてはいた。

それをまさか修斗が言ってくるとは思わずに固まれば、やっぱりといった風に苦笑している。

「前々から、多分二人の様子から覚悟は決めてるんだろうな、と思ってたんだ。周の事だから、一度本気で決めた事は曲げないし、決意は変わらない。ひたすらに真っ直ぐに想い続けるんだろうなって。本当に私達そっくりだ」

「……父さんも初恋だったの？」

「小さい頃の『おかあさんだいすきけっこんする！』を除けばそうだね。周もだろう？」

「あれはノーカン」

微かな笑い声と共におかしそうに笑みを浮かべる修斗から目を逸らしてしまったのは仕方ない事だろう。

正直言って、幼い頃の志保子への結婚宣言は周にとっての黒歴史に近い。

常識も倫理観も培われていない、その上好きな人間が限られている幼子の戯言なので、今掘り返されても皆冗談だと分かるだろうが、恥ずかしいものは恥ずかしいのだ。

たまに志保子が「昔は私と結婚するって言ってたのにねえ」と持ち出すのでこめかみをひくつかせる事もあったが、修斗に軽く言われるとただ恥ずかしいという気持ちだけが生まれる。

「まあ冗談はさておき、となれば周の事だからもっと先を考えるだろうな、と。君は賢いからね、自分の気持ちだけで待ち構えてる問題を全部解決出来るなんて思っちゃいないだろう？」

そう、全てを見透かしたような余裕のある柔和な笑顔に、少し鳥肌が立つ。

周も分かっているからこそどうしていこうかと悩んだし誰かに相談しようかとも思ったが、まさか修斗の方から切り出すとは誰も思わないだろう。

「俺は父さんが怖い」

「父親だからねえ、子供の事なんてお見通しさ」

この言葉は普通自惚(うぬぼ)れではないかと疑ってしまうのだが、修斗が言うと本当に何でも推察してくるという気がしてきて笑い飛ばせない。実際葛藤を見抜いた上で全部理解して聞いてくるのだから最早恐ろしいものがある。

「本当に、一人で抱え込もうとするところも君らしいよ」

「……俺が勝手に決めてる事だし、ちゃんとある程度プランニングしてから真昼にも話すつもりだった」

「こんな若い内からそこまで計画しようとしてる事は称賛するけど、一人……いいや二人じゃ限度があると思うんだよね。使えるものは親でも使えって言うだろう?」

「だからって親に甘えてばかりいたら駄目だろう」

恐らく親からの厚意として言ってくれているのだろうが、あまりにも周は親に甘えすぎている。

こうして一人地元を離れる事を許してもらって、金銭面も不自由なく生活させてもらって、相談する事もなく将来を決めようとした。

　身勝手と言ってもいい事をしてきているのだが、修斗は周の躊躇など気にした様子もなく「変なところで控えめだよねぇ」と笑い飛ばしている。

「こういうところは現実問題として頼るべきだと思うよ。私としては、周と、そして椎名さんの親として、祝福したいんだ。むしろ、椎名さんのような子は憂いなく幸せになってほしいし、息子にも幸せになってほしいからね。これくらいはさせてほしいかな」

「……そういうのは、自分達の力でするもんじゃないのか」

「いつになるんだいそれは」

「うっ」

　それを言われると、辛いものがある。

　全部自分達でしようと思ったら、社会に出て数年貯蓄に回してようやく用意出来るかもといったところだろう。女性にとっての憧れである式というのは欠かしたくないし、真昼のドレスや白無垢は見たい。

　ただ、それは真昼を待たせる行為であるとも分かっているので、苦しんでいた。

「そんなに椎名さん待たせたいの？　特に、女の子にとって、時間ってのは貴重なんだよ？」

「ううっ。……それでもだな」

「私にとって、式は門出であり、最後に親からあげられる大きな贈りものだと思ってるよ。可愛い息子と娘が親の手を離れて夫婦で生きていくんだから、それくらい親にも手伝わせてほしいな」

そう微笑んでコーヒーを口にした修斗は、口を潤してからもう一度口を開く。

「もちろん、自分達が全部すると決めたなら、その決断を支持するけど。そうでないなら、椎名さんのご両親の分も私達から祝わせてほしいよ」

修斗も志保子も、真昼の家庭環境を知って親代わりになるつもりでいる、というのは知っていた。実の娘のように、そして義理の娘のように、真昼を大切にしてくれているのは、見ていて分かる。

本人の言うとおり、今まで与えられなかった真昼の両親の分、真昼に親としての愛情を注いでいるのだろう。だからこそ、妥協しようとする風に見えて譲るつもりがないのも、分かった。

本当に甘えていいのか、と思った周を見透かしたように笑った修斗は、周の髪をくしゃくしゃと雑に撫でた。

「君は昔から甘えるのも頼るのも下手だったよねえ。いいんじゃないかな、親らしい事をさせておくれよ」

「……十分に甘えさせてもらってる」

「そんな事はないよ。反抗期がロクにこなかった代わりに自立心だけ先に育っちゃって寂しかったんだよ？」

わしゃわしゃ、と撫でる手を止める気のない修斗に、周もその手を止める事はなかった。くすぐったくて、気恥ずかしくて、でも嫌ではない。親への信頼と安心感が、この行為を素直に受け入れさせていた。

「周が親になって孫の顔を見せてくれたらいいんだよ。親孝行なんて自分達の生活が安定してからでいいんだからね。幸い、私も志保子さんも健康体だ。健康に気を付けてるし、家系的にも長生きするさ。死ぬまでにいい感じに恩返しでもしておくれ」

へにゃりと笑って周を子供扱いする修斗に、この人達の子供でよかった、と胸にじんわり染み入る思いを感じながら、周は眉尻を下げて甘んじて子供扱いを受け入れた。

真昼と志保子が買い物から帰宅する頃には修斗も周を甘やかすような眼差しや仕草から普段のものに戻っていた。

あのまま真昼の前でも子供扱いされるのはたまったものではないのでよかったのだが、ほんの少しだけ名残惜しさもある。

けれど、真昼の前ではしっかりとした男として振る舞いたいので、先程の事はおくびにも出さず落ち着いた表情を心がけて二人を出迎えた。

「おかえり。買い物とお話とやらは済んだか」

「もちろんよ。ね、真昼ちゃん」

「……は、はい」

にこやかで堂々とした志保子とは対照的に真昼は何やらもじもじと身を縮めているので、十中八九余計な事を吹き込まれているだろう。

ただそれを聞き出すのは今ではないので、敢えてスルーして荷物を受け取る。

視線で真昼を撫でるように見れば顔を赤らめるので、余計な事を吹き込まれたという疑念が確信に変わり、志保子に呆れた眼差しを向けてしまう。

当の志保子は平然と笑っている。

謎（なぞ）の達成感に満ちた笑みなので、真昼に何を吹き込んだのか志保子本人を問い詰めたかった。

「……頼むから、変な事を教えるなよ」

「あらやだ変な事なんて教えてないわよ？　ただ、一緒に過ごすにあたって大切な事をアドバイスしただけだもの」

「それは俺達が今後ゆっくり学んでいく事ではなくて？」

「男の子には教えられない事だからいいの。先人の知恵は学んでおくべきよ？」

「……それは俺が真昼から聞き出していい事なのか」

「そのうち分かるから問題ないわよ。急かす男はみっともないと思うけど」

そう言われると口を噤（つぐ）まざるを得ない。

真昼も話したがっている訳ではなさそうであるし、女性同士込み入った話があるのも理解しているので、無理に聞くべきではないだろう。

だが、今までの志保子の行動から完全に信頼していいものでもなさそうなので、聞かないにしろ心しておく必要がありそうだった。

にこにこにまにましている志保子に冷めた眼差しを送り、周はスーパーの袋に入った生鮮食品をキッチンに運んで冷蔵庫に詰める。

今日は周の家で夕食をとってからホテルに帰るらしく四人分の食料なので、いつもの倍はある。それがなんだかくすぐったかった。

「……周くんは、気にしてます？」

手洗いを終えた真昼がひょっこりと顔を覗かせるので、周は小さく肩を竦める。

「気にならないと言ったら嘘になるけど、俺は俺で父さんと色々話したしそれを真昼に教える気はまだないからおあいこだな」

「えっ、な、何を話したのですか？」

「ひみつ」

いつも真昼がしてくるように悪戯っぽく笑って野菜を野菜室に放り込む周に、真昼はそわそわとしながら周の背中をぽすぽすと叩くので、つい笑う。

『――まあ、周が真昼ちゃんにあげたいものについてはこちらは口出ししないからね？』

散々頭を撫でられた後、修斗に言われた言葉。

流石にそこまで周も親に頼るつもりはないので、バイトをして軍資金を用意するつもりだ。受験についても手を抜くつもりはないので、両立出来るように一層頑張らなければならないだろう。

（……木戸に頼る事になりそうだなあ）

以前冗談半分だったかもしれないがバイトのお誘いがあったので、それに乗るのがよさそうだろう。接客業はあまり得意でないのだが、社会経験を積むといった意味でもちょうどいい。

これから色々と努力しないとならない事が増えるな、としみじみ頷いた周を真昼が落ち着かない様子で見上げる。

そんな真昼に笑って「内緒だ」ともう一度告げ、上機嫌に野菜室の戸を閉めた。

『え、店長に聞いてみるけど人手欲しいって言ってたから多分全然オッケーだと思うよ』

早速、翌日も休みだったのをいい事に先日の文化祭準備で彩香と交換した連絡先に連絡してみると、実にあっけらかんとした声が返ってきた。

バイトをするにしても何処にしようか、と悩んでいたら先日彩香から誘われたのを思い出し、社会勉強と自分の人当たりの悪さについても改善するために頼ってしまったのだ。

一応真昼にはサプライズにしたいと思っており、聞かれたくない話なのでマンションの入り口付近で話していた。

周としては流石に最初の誘いで断っておきながら唐突に申し出たら寛容な彩香でも難色を示すかと思いきや、あんまりにあっさりとした返事で、逆に困惑する。

「いや、あの、面接とかは」

『多分するとは思うけど素通りするんじゃない？　私の紹介になるから人柄とかは問題ないって事だし。こう見えて私、バイトではとても真面目ないい子ちゃんで通ってますので店長の信頼も厚いのですよ』

意外でも何でもないのだが、彩香はバイト先でも本人の性格の良さから信頼を得ているようだ。しっかりしていて人懐っこく気さくで明るいとまだ関わりを持って短い周でも分かるのだが、当然気に入られているのだろう。

えへん、と電話の向こうで胸を張っているのが想像出来るような声を上げる彩香についつい笑ってしまう。

『私は別に紹介するのはいいんだけど、藤宮くんはこのバイトでいいの？』

「まあ、接客とかは慣れだと思うから」

『んーそうじゃなくてですねえ。これ、椎名さん納得してる、というか説明したの？』

「い、いや、まだ相談してないというか」

『ならちゃんと話し合わないと駄目なんじゃないの？　うちのバイト、実入りは良いけど、椎名さんヤキモチ焼いちゃうんじゃないかなー』

「うっ、それは」

今周が頼み込んでいるバイト先は、彩香のバイト先である。

文化祭の衣装の貸し出し元であり、つまりはあの衣装を着て接客しているカフェ、という事になる。そのカフェで働くなら、当然周も文化祭の時のように衣装を着て接客する事になるだろう。

仮に何も言わず働きだしたとして、その事実を知った時の真昼の心情はどう考えても荒れそうである。

文化祭の時、周が女性客に話しかけられて連絡先を求められた時には真昼が拗ねていたので、あまり真昼を不安がらせるような真似はしたくない。勿論浮気なんて有り得ないし真昼もしないとは信じているだろうが、心情的な問題は別だろう。

『そもそも何で急にバイトしたいって思ったの？』

素朴な疑問、といった風に問いかけられて、口を噤む。

別に内密にしてくれと言えば彩香は真昼にバラしたりはしないだろうが、指輪の軍資金を貯めるため、と言うのは気恥ずかしさがある。

おそらく知り合い全員、周が真昼を溺愛しているのは分かっているだろうし自分でもそれは自覚はしているのだが、指輪を贈りたいからと説明するのはやはり躊躇いがあった。

しかし、言わないと彩香は納得しないだろうし、そもそも斡旋してくれる相手に隠し事をするのはよくないだろう。

「……その、さ。誰にも、特に真昼には言わないでくれるか」

『あー察した。何か椎名さんにプレゼントしたいんだー。クリスマスプレゼントあたり？』

「く、クリスマスというか……その、来年の話になるんだけどさ。その、指輪をあげたいというか……」

微妙に尻すぼみになっているのは実感しながらも答えると、沈黙が訪れた。

もしかして学生なのに逸りすぎだっただろうか、と内心焦りながら彩香の声を待っていると、たっぷり十秒ほど沈黙した後『あー電話越しにあてられちゃった』と彼女は小さく呟いた。

『なるほど。藤宮くんの意図は理解したし納得もしました』

「……うん。その、ちゃんと、自分の力で手に入れたいというか」

『そっかそっか。じゃあウチはやめておいた方がいいかもね。藤宮くんが椎名さんのために頑張るとはいえ、恋人が女の人に絡まれそうな場所で働くのは椎名さんもいい思いしないと思う』

それはごもっともなので「そうだな、考えなしでごめん」と返しつつ家に帰って改めて求人サイトでも見るかな、とこれからの予定を頭に浮かべていると、続けて『代わりに』と声が再び聞こえる。

『別の喫茶店でいいなら紹介するよー。うちの叔母様がやってる喫茶店なんだけど、静かでお客様の年齢層が高い所だから藤宮くんの性格的にも合うんじゃないのかな』

「それは嬉しいけど……木戸はそこでは働かなかったのか？」

そういうツテがあってかつ身内だというのならそちらで働かない理由がないと思うのだが、電話の向こうの彩香は何とも言いにくそうに言葉を『あーうん』と濁している。

『んー、私はねー、こう、叔母様が苦手というか……』

「なのに紹介してくれるのか。ほんとごめん」

『あーいやそうじゃなくてね？　叔母様は、なんというか……すごく、猫可愛がりしてくるというか？』

「猫可愛がり？」

『そう。叔母様はうちの母とすっごく仲良しで、その娘の私の事もよく可愛(かわい)がってくれるんだけど……甘やかされすぎて逆に自立心なくなっちゃうから。仕事するにあたって、もし態度とか待遇とか違ったら、職場の人も心中穏やかでないって事になりかねないし』

嫌そう、というよりは困った、といった感じで告げてくるので、恐らく志保子(しほこ)にとっての真昼のような接し方をするのだろう。

志保子は真昼がしっかりしてるのを見越してわざと甘やかしているので、彩香とは違う状態ではありそうだが。

『という訳で、私は叔母様の所でなく叔母様の知り合いの所で働いている訳です。まあこれはこれでちょっと目をかけてもらってるかもしれないけど、私は私の人柄を好きになってもらったと自負してますので』

「そうだな。木戸(きど)はなんか見ててすげー気さくで引き込まれるなと思うし」

『そういう事軽々と言ってると椎名さんが妬(や)いちゃうので程々にね。私の事情はともかく、藤宮くんさえよければ叔母様に確認取ってみるのと、確認が取れたら見学に行くってのはどうかな。それなら藤宮くんも現場を見て判断出来ると思うし、働きやすいんじゃないかと思って』

「それは助かるが……そこまでしてもらっていいのか」

『いいよいいよ。こう、藤宮くんが椎名さん好きなの分かってるし、お助けさせてくださいな。なんなら指輪のご相談までお受けしますよ？』

「……それはまあ、その時になって千歳と一緒に頼むかもしれん」

『ふふ、お任せあれ』

指輪云々は女性の意見も取り入れた方がいいと思うし、何より千歳は周と真昼をずっと見守ってきてくれたので、彼女に声をかけないなんて事はない。出来れば二人にも手伝ってほしい。

まあ当分先の話にはなるので曖昧に約束を交わして『また連絡、もしくは学校で報告するね』という彩香の言葉で電話を切った。

「……バイト、ですか？」

家に帰ってリビングで寛いでいた真昼に声をかけると、意外そうな目で見られた。

「どうしてこの時期になって急に。来年から受験生ですし、そもそも今頃は受験勉強が始まる頃ですよ」

流石にバイトの事まで隠す訳にはいかないので素直に話したのだが、真昼は至極もっともな疑問をぶつけてくる。

一応渡すまではなるべく真昼には隠していきたいとは思っているが、二年生後期という本格的な受験の準備期間に突入しようという時期にバイトを始めるのは些か不自然なのは自覚していた。

「あー、その、どうしても欲しいものがあるというか」

「欲しいもの？」

「あと、社会経験を積むためってのはある。もちろん勉学に支障をきたすようなシフトは組むつもりもないし、来年部活を引退する同級生が現れる頃には必要分貯め終わってると思うから、受験が本格化する前には勉学に集中出来ている筈だ。成績の事を考えても条件的には部活やってる人と同じぐらいになると思う。成績は俺の努力次第だから、下げるつもりはないし仮に下がってもバイトのせいにするつもりはない」

バイトもしていない帰宅部だからこそ部活に所属している生徒よりも余裕があるから勉強に集中出来ているが、バイトをし始めたらやはり必要な努力量は変わってくるだろう。

どちらかといえば勉学面に関しては要領がよい方だと自覚しているものの、バイトに時間を割くと今までの労力では成績を維持する事は難しくなる。

ただ周としては進学と真昼との将来、どちらも諦める気は毛頭ないので、今までより自主勉強を頑張って授業も今以上にきっちりと受けてその場で身に付けていきたいと思っている。たとえそれが多大な苦労を背負い込む行為だとしても、周は曲げるつもりも退くつもりもない。

その決意の下真面目な顔で真昼を見つめれば、真昼は困ったように眉を下げた。

「いえ、私が口出しする事ではありませんし、そこまで考えているのであれば周くんの選択を尊重しますよ。その、一緒に過ごす時間が減るのは、寂しいですけど……」

少し寂しげに微笑まれて、決心が揺らぎそうになるが、こればかりは譲れないので小さく笑う。

「ごめんな。その代わりに、バイト休みの日は真昼と一緒に過ごすの優先するから」

「周くんはいつも私を優先してばかりですので、自分を優先していいのですよ?」

「自分の心を優先した結果真昼を優先する事に繋がるのでいいんです」

結局のところ、自分だけを優先したところで満たされる事はない。真昼と一緒に在ってこその充足感なので、真昼が幸せな方が周にとっても幸せなのだ。

真昼の幸せが周の幸せとイコールで繋がれるくらいに惚れ込んでいるのは自覚しているしむず痒いものはあるものの、やはり、好きな人が喜ぶ様を見るのが一番満ち足りた気持ちになる。

だから真昼を放ったり蔑ろにしたりするつもりなど微塵もないと真っ直ぐ見つめると、周の言葉が本心からくるものだと分かっている真昼はきゅっと唇を結んで周の二の腕にぐりぐりと額を押し付けるのであった。

第4話　新たな交流

文化祭振替休日明けの学校は、まだ文化祭の熱気と興奮が生徒から抜け切っていないのか、やや浮ついたような雰囲気だった。

どちらかといえば落ち着いている周のクラスも、いつもより二割増で賑やかである。時折ひそひそとどの組の誰と誰が付き合い始めた、なんて事を言っているクラスメイトが居て、文化祭はそういった男女交際にも影響をもたらしているのだと痛感した。

たまにこちらにも視線が来るのだが、主に真昼に向けられているので真昼の文化祭の姿云々の話かもしれない。

「はよー」

若干眠たげな樹が教室に入って真っ先に周の所にくるので、周は緩く手を振って「はよ」と返しつつ樹の顔を見る。

カラオケの時に悩みを吐露した彼が、あの後家に帰ってどうだったのか、聞いていない。

仮に大輝に何かしら言われていたなら落ち込んだり機嫌が悪くなっていそうなものだが、見たところ至って普通の表情なので内心安堵した。

「椎名さんもおはよ。今日も……うん？」

「おはようございます。どうかしましたか？」

当然のように側に居た真昼ににっこりと挨拶する樹だったが、真昼の顔を見てふと訝しむように瞳を細める。

何かを確認するように眺めた後、頬をかく。

（何だその顔）

こちらを見て物言いたげにしているので、周としてはなにか問題があったのかとこちらも瞳を細めてしまうのだが、樹の視線は責めるようなものではないので訳が分からない。

「……周くんや、カモン」

「は？」

「いいから」

何故か周が呼び出しを食らったので、露骨に眉を寄せつつ樹に連れて行かれて教室の端にたどり着く。

それから、少しだけ人目を憚るように近寄って、小さく口を開く。

「あのさ、椎名さんと一線越えたの？」

「は⁉」

すっとんきょうな声が上がって何事かと遠くの真昼が窺ってくるので、周はとんでもない事を言われて羞恥で頬が彩られそうなのを抑えて「何でもない」と手を振っておく。

真昼の視線が一瞬外れた瞬間に樹を睨むのだが、樹の呆れたような表情に出迎えられて何も文句が言えなくなる。

「こらこら何のために移動したと思ってるんだ。自爆すんな」

「自爆って、お前が急に変な事言い出すからだろ」

「変な事っていうかさあ、こう、自分達から滲み出してるのをご理解いただけていないというか……。なんか椎名さんの様子がいつもと違うし、そもそもお前の距離感も違うというか。元々交際を暴露してから近かったには近かったんだけど、雰囲気が」

何か雰囲気が違う、と言われて、周は視線を一度真昼に流す。

真昼は周の席で静かに待っていて、こちらを不思議そうに眺めている。視線が合えばはにかんだ。

「別に、変わらないだろ」

「客観視出来てませーん。や、確かに二人はいつもいちゃついてるけどさあ、文化祭の時よりこう、二人の間に漂う空気の質が違うんだよ。もうお互いの事よく知ってますお互いのものー、的な雰囲気がですねえ」

「お前の想像してる事はなかった」

「へー？」

「少なくとも、最後までしてない」

ぼかして言えば全部見抜いたと言わんばかりにニヤニヤしだすので、その腹立たしい顔を歪めるべく脇腹を拳でつついておく。

つつくというには多少力がこもっていたが、樹的には大したダメージではなかったらしく「照れ隠しはやめろ」と笑っていた。

むかついたので更に足を踏みつつ、そっとため息を落とす。

変化に気付いた樹の鋭さにはヒヤヒヤするが、どちらにせよ周と真昼のこれからの事は樹や千歳にも伝えるつもりだ。どこまでお互いの体を知ったか、までは言うつもりはないが、将来を見据えている事くらいは伝えるべきだろう。

「……そもそも、まだ、するつもりはない。真昼と約束したから」

「約束？」

「責任が取れるようになるまでは、しない。一生の責任を取るつもりだから、それまで待ってくれと」

改めて人に聞かせるには恥ずかしい約束だと自覚しつつ告げれば、樹は目を丸くした後微妙に呆れたような感心したような、相反する感情を内包した瞳でこちらを見る。

「お前のその忍耐力と真摯さは凄いとは思ってるし尊敬してるけど、大丈夫なのか色々」

「……大丈夫じゃないかもしれないが大丈夫だ。大切にしたいし、その、本気だから」

これからずっと共に歩いていく相手を見つけたのだから、相手を尊重して大切にしていきたいのだ。

本音を言えばちょっぴり耐えきれるか不安ではあるが、約束を破るなんて事は自分に恥ずかしくて出来ないので、耐えるつもりである。

「周らしいっつーか、ほんと、惚れ込んでるなあ」

「うるせえ」

「ま、そんだけ本気なら椎名さんも喜ぶだろうよ。ちなみにもう我慢ならないってなったら言ってくれ。お助けアイテムを進呈しよう」

「何を寄越すつもりかは分かるが余計なお世話だ」

「カッコつけて後悔するのお前だと思うんだけど……」

そういう下世話な心配を友人にされるのも複雑なので突っぱねるが、樹はやれやれと態度で示すように肩を竦めている。

恐らく将来的に頼る、かもしれないが、少なくとも今の段階で頼る事はないし、そもそもの問題どうやって入手するんだよと突っ込みたいところであった。

樹に負けじと呆れの視線を返しつつ、大仰にため息をつく。

「とにかく、俺は卒業したら真昼と一緒になるつもりだし、そのために今から用意するつもりだよ」

「用意って」

「あ、藤宮くんおはよー。何でそんなところでこそこそしてるの」

ちょうどいいタイミングで彩香が教室に入ってきたので軽く手を上げると、彼女はとてとてとのんびりこちらに近寄りながら不思議そうな眼差しで二人を見る。

「むむ、何やら男の子二人でひそひそこそこそは怪しいなあ。赤澤くんが藤宮くんに変な話を振っていたに一票」

「オレの信用なくない⁉」

「あはは」

サラリと笑って流す彩香は、周を見て口を開こうか迷ったらしい。

ちらりと樹に視線を滑らせたので、恐らく樹が居るが言っていいのか、用件を伝えるのは後にした方がいいのか、という意味があるだろう。

周としてはバイトをする事自体隠すつもりはないし樹には理由も伝えるつもりなので、周の方から「頼んだ事に進展はあったか？」と問いかければ、彩香は少し安心したように笑った。

「バイトの件なんだけどね、叔母様がいいって言ってたからまた都合がいい日教えてくれたら嬉しいな」

「ん、分かった。また後で連絡する」

「はーいかしこまりました」

「ごめんな、手間かけさせて」

「ううん、友達が困ってたなら力になるし、叔母様も私が頼ってくれて嬉しいって」

ほんのり困ったように笑った彩香に周も微かに苦笑する。

かなり叔母に気に入られているらしい彩香は困り顔だが、職を紹介してもらった身としては有り難い限りである。今度彼女には改めて何かお礼をするべきだろう。

じゃあまた後で、とひらひら手を振って自分の席に向かう彩香を見送って樹を見れば、得心した様子で頷いていた。

「なるほど。大変そうだなこりゃ」

「式代とかは親が出したいって言ってたけど、指輪くらいはな。俺が選んだ事だし、願いのためならこれくらいの苦労は買ってでもするべきだよ」

流石に生涯をかけた誓いをするのに全て親任せというのは周のプライドとしても許せないので、自分の力で用意するべきだろう。

彩香に職を斡旋してもらった事で全て自分の力という訳ではない気がするものの、スムーズに目標を達成するために人に協力してもらうのは有りだと思っていた。

「お前はホント決めたら一途なんだよなあ。偉いと思う。ただ」

「ただ？」

「……そういうのは、オレに先に相談するとかなかったのかよ」

拗ねたように小さくこぼした言葉に目を瞠り、それから「次からはちゃんと頼るよ」と頭をわしわしと撫でた。

樹的には微妙に恥ずかしかったらしく振り解かれて肩を小突かれたが、照れ隠しだと分かっていたので周は先程の彩香のように笑って流した。

「あはは、いっくんもそりゃ拗ねるよ」

昼食後、朝に樹が微妙に不貞腐れていたのを不思議がった千歳に渡り廊下へ呼び出されて事情を聞かれた。

素直に話せばあっけらかんとした笑いでべちべちと背中を叩かれるので眉を寄せるが、千歳の攻撃はやみそうにない。やむどころか「これだから周は」と呆れすら滲ませて激しくなっている。

べしべし、と痛みより衝撃を与えるような叩き方は何か籠もっているものがあり、周も自分に非があると分かっているので千歳の満面の笑みに押されるかたちで大人しくしている。

「いっくんも色んなところに交友があってコネがあるのに、真っ先に頼ったのが別の子って、そりゃあ拗ねたくもなるよ。周が一番仲良しなのはまひるん除けばいっくんなんだからさあ」

「うっ、そ、それは申し訳ないと思ったんだけどさあ」

ちょうどバイトのお誘いがあった事を思い出したので彩香を頼ったのだが、樹にはそれが面白くなかったのだろう。

　周としても、一番同性で仲がいいのは樹であるし、今まで樹を頼ってきたので、今回のけ者のようにしてしまった事を申し訳なく思っていた。

　普段頼りすぎているからこそあまり負担をかけてしまう事を避けたというのもあるのだが、今回はそれが裏目に出てしまっている。

「いっくんは頼ってほしかったと思うんだよねえ。親友っていう自負があるし、いっくんは周に救われてるところがあるから恩に報いたかったんだと思うよ」

「救われてるって……俺の方がむしろ救われてるだろ。その恩を返すべきは俺だし、迷惑はかけたくなかった」

「周のそーいうところだめだよねえ。自己評価と他人の評価が一致してるって思いがち。いっくん視点周に救われてるから、それまで否定しちゃだめ。いっくんの気持ちまで否定する事になるよ？」

「……本当に悪いと思ってる」

「まあ、分かってくれたならよろしい。反省してるならまた他の事を相談したら？　もちろん、私にも」

　にっこりとこれ以上にないほど明るく輝かんばかりの笑みで周を見上げる千歳に、周は頬を引きつらせた。

「……もしかして、千歳も怒ってるか？」

「うふふ」

妙ににこやかで裏表のなさそうな笑顔であるが、目が笑っていない。いつも屈託のない笑顔を浮かべる千歳であるが、今は純粋な笑顔とは言い難かった。

「まあ、そりゃあね？　一年半くらい仲良くしてるのになぁんにも相談してくれないんだーって悲しくなるよねえ」

「うぐっ。ほ、本当に悪かった。次からは気を付けます」

「まったくぅ。水臭いんだから。というか、私達に言わないって事はまひるんに内緒にするって事も出来ないんだからね？　サプライズしたいんでしょ？」

「……ごもっともです」

「なら、ちゃんと言ってくれなきゃ困るよ」

ぽすぽすと脇腹を殴られたが、これればかりは周の自業自得なので止められはしなかった。

千歳はしばらくうりうりと周を拳でいじめた後、仕切り直しと言わんばかりに大きく息を吐き出す。

「まあ、周がまひるんと将来を考えてるのは分かりきってたし、改めてまひるんが大好きなんだなって理解した。周って昔からは考えられないくらいにデレッデレだよね」

「やかましい」

自分でも昔よりずっと真昼に甘い事は分かっているし、前より他人との距離が近くなったのも感じている。それは真昼だけではなくて、樹や千歳達のお陰だろう。

デレデレ、という表現がほんのり不服ではあるが、真昼に惚れ込んでいる事には変わりなく、否定出来るものでもない。

それはそれとして指摘されて面白いものではないので、どうしても眉は寄ってしまう。

「とにかく、俺はもう決めたから。だからその、協力してくれると、嬉しい、です」

女性の視点での手助けも欲しいし、純粋に友として力を貸してほしいので、きっちりと腰を折って頭を下げると、呆れたようなため息がつむじに降ってくる。

「頼まれなくてもしてあげますーなんたって親友殿の幸せのためですからー」

「千歳……」

「もちろんまひるんの事だけどね？　周は水臭いのでランクダウンですー」

「ぐ……それは仕方ない」

「ふふ、冗談だってば。二人とも私の大切な友人だもん。うまくいってほしいし、出来る事なら協力するよ」

顔を上げれば、いつもの明るく朗らかな笑顔を浮かべた千歳が胸を張っていたので、安堵したように周も笑って軽く千歳の肩をこつんと叩いた。

「ん、今日は千歳と寄り道するんだな」

その日の放課後、いつものように真昼と帰ろうとすれば、申し訳なさそうな声で断られたので、周は軽く笑って受け入れる。

そもそも縛るつもりはないし絶対に一緒でなければならない理由はない。むしろ何故こちらを気にしているのか分からなかった。

そんなに縛るタイプに思ったのだろうか、と日頃の自分を振り返ってみるのだが、真昼は申し訳なさそうなままだ。

「その、帰るのが遅くなるかもしれません。志保子さんも居ますから、問題はないと思いますが」

「何で母さん」

予想外の単語が飛んできて周は思わず真昼の顔を凝視してしまう。

まだ両親は地元に帰っていない。先に有給まで使って長めの休暇を取っていたらしく、志保子の意向で観光して帰るらしい。

明日帰る予定なので今日はこの辺りでウロウロすると聞いていたが、まさか真昼だけでなく千歳まで巻き込むとは全く予想していなかった。

「志保子さんが千歳さんとお話ししたいと……」

「余計な事を吹き込まれる予感しかしない」

「あはは、そんなまさか……」

「ありえるんだよ母さんなら。その時は真昼が止めてくれよ」

といっても真昼も聞きたがって止めない、もしくは志保子の勢いがよすぎて止められない可能性の方が大きいのも理解しているので、あまり期待はしていない。

せめて黒歴史の暴露だけは止めてくれ、という切実な願いを込めて真昼を見つめれば、別に熱っぽく見つめたつもりはなかったが真昼が頬を染めて視線を逸らす。

そんな真昼に、帰宅の準備を終えたらしい千歳がからからと笑い声を上げながらひょこひょこ近寄ってきた。

「はいはいなにやってんのそこの夫婦」

「お前が母さんから変な事を吹き込まれないか案じてるんだよ」

「とうとう夫婦を否定しなくなったね……というか見つめ合って何してるかと思えば。そんな心配しなくても」

「母さんは無自覚に笑顔で色々暴露するタイプだぞ」

「ほうほう、つまりすねに傷があると」

「そういうのはないが、子供の頃を持ち出されると嫌だろ。お前だって昔の事を他人に言われたくないと思うが」

「う、あれはまあ……」

千歳とは高校から交友を持ったが、樹や門脇から聞いたところ千歳は今とは真逆のタイプだったらしい。

それを千歳は黒歴史に近いからとあまり言いたがらないので、余計な事を聞き出そうものなら分かってるな、といった眼差しを向ければ肩を竦めて「わかったわかった」と頷いてくれた。

「まあ、それはそれとして志保子さんとはじっくり話したい事があるから、周の事以外で話すね」

「何を話すつもりなんだ」

「それは女のコの秘密ってやつでーす。という訳で奥さん借りますので」

にこにこと笑って真昼の腕に自分の腕を絡ませた千歳に、真昼は恥じらうように瞳を伏せつつも嬉しそうに千歳に寄り添う。

真昼がそれでいいならいいが、一体何の話をするのか微妙に不安が残る。

「あれ、今日はお二人さん一緒に帰らないの?」

出来れば変な事を話さないでくれ、と今はここに居ない母親に念を送りつつ二人が仲睦まじくくっついているのを見ていたら、ひょっこりと顔を覗かせる女子が一人。

綺麗に整えられたポニーテールを揺らしながら人懐っこい笑顔を浮かべた彩香は、千歳が真昼の手を引いている事に気付いて瞳を丸くしている。

「木戸か。二人が寄り道するって」

「そっかそっか。じゃあ椎名さん、旦那さん借りていい?」

「へっ」

突然の申し出に固まった真昼が驚いたのは、周が友人とはいえ女子と行動を共にする事か、それとも周を旦那と形容した事か。

どちらかは分からないが、意表を突かれたような表情で彩香を見つめている。

「藤宮くんも予定がないならこの後付き合ってほしいんだけど。あ、椎名さん安心して、決してそういう付き合いではないから！」

「そ、そこは心配してませんけど……」

彩香が誘うという事は、恐らくバイト関連の事なのだろう。

仮に急にバイトが決まったとして、契約書云々や保護者の許可などを考えればむしろ親が居る今がいい機会なのかもしれない。

「藤宮くんはどう？　空いてる？」

「まあ、特に予定はないけど」

今日は普段のトレーニングや課題以外に予定は入っていなかったし、こうして急に誘われても対応出来るので幸いだった。

「よかったー。ちょうど空いてる日だし、二人っていつも一緒で割り込みにくいからさあ。声かけるのにも躊躇(ためら)っちゃう訳ですよ」

「いつも一緒って訳じゃや。家でも常にくっついてはいないよ」

「同じ空間に居るでしょその言い方だと。家に居るのが当たり前、って言い方からしてもういちゃいちゃしてますー」

普通は恋人同士だろうがそこまで一緒に居ない、と言われて、何も反論出来ずに口を噤めば彩香はくすくすと楽しそうに笑みを浮かべている。

「まあ、それだけ仲がいいし大切だからこそ、なんだよね、藤宮くん？」

「……そうだよ悪いか」

「ううん、見ていてあったかくなるからいいと思う。いやー椎名さんも愛されてるねー」

愛されているの言葉にいかにも幸せだというオーラを漂わせてはにかむ真昼に周囲が被弾しているが、真昼には気付いた様子がない。

彩香は若干わざとしている気がしなくもないが、彼女には多大な借りを作ってしまうので文句も言えない。

ただ、バイトの理由は言うなよ、という視線を向ければにっこりと親指を立てられたので、周はため息をつくに留めておいた。

千歳達と分かれた周は、彩香に連れられるままに歩いていた。

どうやら電車を使う距離らしいが、そこまで遠くないので通勤するにも問題なさそうである。

問題は、果たして採用されるかどうかなのだが……彩香に聞いてみると、ニコニコしながら

「大丈夫大丈夫」と返された。

「叔母様のお店は少人数でやってて最近お客さんの入りが増えてきたから、人手が足りなくて礼儀正しい子を募集してたんだよねぇ。時給は高いんだけどお店の雰囲気に合ってお客様に気に入られそうな人材が中々来なくて困ってたみたいなのです。そこに藤宮くんの申し出があってラッキー！　って感じだよ。渡りに船的な？　藤宮くんならそのあたり大丈夫だろうし」

「礼儀正しいかは微妙な気もするが」

わざわざ無礼をするような真似はしないが、礼儀正しいと言われたら首を傾げてしまう。必要な礼儀は持ち合わせているつもりではあるのだが、それが理想的とはとても言い難い。

買い被りだよ、と肩を竦めるのだが、彩香の「またまたー」という明るい声が即座に否定していた。

「藤宮くんはちゃんと人で態度使い分けられるでしょ。先生達にはすごく丁寧で折り目正しい優等生って感じで振る舞ってるし」

「あれは目上の人間だし……目を付けられるより目をかけてもらいたいっていうか、よく思ってもらえれば何かと得するからだけど」

勿論相手が年上で目上の人間なので敬意を持って接しているが、教員の覚えがいい方が成績やその先の進学にいいという不純な動機もある。それが全てではないもののやはり打算はあるので、本物の優等生という訳ではない。

本物の優等生というのは真昼や優太のようなタイプであり、周は上手くそう見せているだけだ。

そういう事を考えているあたり自分でも可愛げがないとは思っているので肩を竦めてみせると、彩香はへらっと軽い笑みを浮かべる。

「いいんじゃない？　大事なのはこの場合マナーとＴＰＯを弁え相手を尊重しているか、って事だし。そこに個人の意思がどうあろうが、目に見えるのは結果だけだよ。その結果がいいなら、内心なんて関係ないもん」

「……木戸はそういうタイプ？」

「意外？　私は結構割り切ってるタイプだよ。全ての事にメリットを求める事はないけど、ある程度は行動する事に何らかのメリットを見出すのはおかしくないと思ってるよ。いつも善意では行動してないし」

さらりと言っているが、結構にシビアな考えをしている彩香に軽く目を瞠る。ただ、それは呆れや敬遠といったものではなく、親近感のようなものだ。

「今回だってそうだよ。私にもメリットがあるから提案したよ。善意百パーセントじゃなかったりします」

それを正面切って言うあたり彩香の善性もよく分かるので、周はうっすら苦笑しながら「ちなみに今回のメリットは？」と聞いてみる。

急な無茶振りにも対応してくれた彩香はほぼ善意でやってくれていると思うのだが、本人は認めたくはなさそうだ。

「んー、勿論叔母様が困っているからってのはあるんだけど……一番は、そーちゃんにはもう少し仲の良い友達を増やしてほしいというか」

「茅野(かやの)？」

「うん。こう、そーちゃんって結構大人しくてぼーっとしてるタイプであんまり他人に興味示さないんだよね。でも藤宮くんの事は割と印象いいみたいだったし、物静かなタイプの藤宮くんは相性いいかなー、なんて思ってですね。それで、ちょうど藤宮くんがバイト探してるのと叔母様の人手問題を解決出来て尚且つそーちゃんが働いてるお店を紹介した訳です」

ごめんね結構私へのメリットが大きくて、としょげたように謝ってくる彩香に、首を振って笑う。

「いや、茅野が働いている事は初耳で驚いたけど、紹介してもらってる側だから。同級生が働いてるのは安心出来るしよかったよ」

「そう？　よかったあ」

へにゃ、と緊張を一気に解いたようなふやけ方に、やはり彩香は結局いい人には違いないんだろうな、と確信する。

「つーか、それはいいけど、自分は彼氏居るのに叔母さんの所で働かなかったんだな」

「うっ、それはですねえ、前話した理由もあるんだけど……叔母様は私の事も大好きだけどそーちゃんと一緒に居るのが一番好きらしくて」

「うん？」

「一緒に居るとにこにこ見守ってくるから仕事にならないというか。小さい頃から二人揃(そろ)って可愛がってもらったからなあ。あと、私も私でそーちゃん居たらそっち見ちゃうし、そーちゃんには『よだれ垂らしそうだからやめておきなよ』って言われちゃって」

「……っふ」

「わ、笑ったね？　私だって弁えるよ？　人様の前でよだれなんて垂らしたりしません！」

うっすらと顔を赤らめて眉尻(まゆじり)を持ち上げた彩香だったが、内容が内容なので全く迫力がなく更に笑みを誘ってくるので、周はわざと隠さずに笑うのであった。

若干拗ねた彩香を宥(なだ)めながらようやくたどり着いた店は、落ち着いた佇(たたず)まいの喫茶店だった。如何にも昔ながらの喫茶店というようなシックな雰囲気を醸しており、見た目からして利用年代層も高そうな、やや高級感が窺える。

「……ほんとにここ？」

「何で疑うの。落ち着いたいい店でしょ」

「いい店っぽいとは思うけど学生が働くには不向きじゃないのか」

学生アルバイトのカフェと聞いて想像するのはよくある大手チェーン店なのだが、ここはその反対に位置するような重厚感のある雰囲気の店舗だ。

「だから藤宮くんみたいな若いけどしっかりした人を誘ったんでしょうが。とりあえず叔母様に挨拶行こっか」

気は進まないけど……と小さく付け足しつつも前向きな彩香の姿に苦笑しつつ、その叔母さんとやらはどんな人なのか好奇心を抱いて彩香の後ろについていく。

ＣＬＯＳＥの看板が提げられている重厚感のある扉を開ければ、蝶番が微かに軋む音と、何故だか懐かしさすら感じるからんころんという軽快なドアベルの音が鳴った。

彼女の先導で入った喫茶店は、外観からの期待に応えたように実に落ち着いたものだった。ダークオークと白が基調になった、シンプルかつ品のある内装であり、掃除もしっかりと行き届いた店内は上品さが漂っている。

壁には壁一面を隠すように本棚があり、びっしりと本が詰まっていた。

見た感じ、席数はそう多くはない。喫茶チェーンとは比べ物にならないほどの少なめな席数には個人経営というものが如実に出ている。

ただ、そのお陰でチェーン店とは違う非常に静かで一息つけるような空間になっていた。

休業日らしく人がいないのでついつい無遠慮に内装を眺めていると、奥からネイビーのエプロンを身に着けた女性が現れる。

パッと見、周とは一回り離れたくらいの、落ち着いた女性だった。

喫茶店か古書店に居るのが似合いそうといった黒髪ロングヘアーの美人であるが、失礼ながら明るくフレンドリーな彩香の叔母だとは信じられないほどに物静かそうな女性である。

「あら……彩香さん、いらっしゃい」

「お久し振りです、文華(ふみか)叔母様」

丁寧なお辞儀をした彩香に、文華と呼ばれた女性はおっとりとした眼差しを向けて微笑む。

「来てくれて嬉しいわ。総司(そうじ)君が居る時も滅多に寄り付かないから寂(さび)しかったの」

「う、それは申し訳なく……文華叔母様の邪魔になると思って」

「邪魔なんて……私、二人が居るだけで嬉しいのに。すごーくお仕事頑張っちゃうのに」

それはそれで問題なんです、と小声で呟いた彩香の言葉は届いていなさそうである。

一歩後ろからそんな二人を眺めながら、周は内心首を傾げた。

楚々(そそ)とした外見と仕草に、彩香が苦手がるような要素が見当たらず周としては困惑しかない。

少し話しているのを見た限りでは、ごく普通の女性といったようにしか見えない。むしろ落ち着いた淑(しと)やかな女性という印象が強く、苦手がる要素が見えなかった。

強いて言うなら彩香に対する親愛の意が瞳にたっぷりとこもっている、くらいだが、これだけで彩香が苦手と言う意味がよく分からない。

苦手意識は人それぞれなので文句はつけられないが、納得はし難いといった感じだ。

彩香が微妙にたじたじな様子を見せているのを眺めていると、ふと女性の視線がこちらに向く。

ぬばたまの瞳が一瞬探るようなものを滲ませたが、次の瞬間には柔らかな眼差しに変わっていた。

「そちらの方が彩香さんの言っていたバイト志願の子かしら?」

「あ、そうですね。彼がバイトをしたいと。藤宮くん、この人がこの店のオーナーの糸巻(いとまき)文華さん。私の叔母様だよ」

「藤宮周です。この度はお時間いただきありがとうございます」

「まあ……いいのよ、彩香さんの頼みですもの。彩香さんの目利き(めき)は確かだから問題ないと思っていますよ」

ふんわりと微笑んだ糸巻は、するりと撫でるように周を一通り見た後、もう一度笑みを浮かべる。

上品なのに底知れない、圧さえ感じてしまう美しい微笑みに、背中の産毛が逆立ったような感覚があった。

「ところで、彩香さんとはどういった関係で?」

「クラスメイトで、俺(おれ)と俺の恋人の友人です」

何故(なぜ)だか悪寒がしたのできっぱりと否定すると、笑みは穏やかなものになる。身を苛(さいな)むような悪寒が消えたので、恐らくこの返事は正解だろう。

「そう、よかった。彩香さんと総司くんは相思相愛ですから、もし横恋慕とかあったら困ってしまいますものね」

「俺には将来を誓っている恋人が居ますので有り得ませんね」

「まあ、それは素敵……！」

黒の瞳が光を帯びたようにきらきらと輝かせているので周が思わず微妙に後ずさるのだが、文華は気にした様子はなく頬を紅潮させている。

それがまるで恋する乙女のような表情に見えて、少しずつではあるが何となく彩香が何を苦手としているか理解してきた。

「その歳で決意も固いのは素晴らしいですね。バイトを志願したのはその関係で？」

「はい。その、彼女に指輪を贈りたくて……」

「素敵！　ええ、ええ、ここで働いてくれるなら是非……！」

「叔母様即決!?　いや分かってたけど……！」

ろくな面接もなしに採用と言われて固まる周と、呆れたような困惑したような顔でため息をついた彩香に、文華はにこにこと実にご機嫌そうな笑みを浮かべている。

「叔母様、あまり根掘り葉掘り聞くのはよくないですからね」

「あら、嫌がる事は聞きませんよ？　でも馴れ初めとかは……」

「叔母様の趣味と仕事に使われる藤宮くんが可哀想なので程々にしてください」

「許可は取りますしシチュエーションを参考にするだけですよ？」

「趣味と仕事……？」

「文華叔母様、喫茶店は本業じゃないから。本業は作家で他にも色々やってて、もう何で喫茶店やってるか分からないから……」

それで全部儲かってるから不思議、とこぼした彩香に、思わず文華を見ると彼女は内心を読めない笑みを湛えている。

「勿論、喫茶店の経営もきっちりしていますから、潰れたりなんて心配はしていただかなくて大丈夫ですよ。お給金も弾みますので」

「叔母様、ちゃんと時給計算してくださいね。お小遣いとかあげちゃだめですからね」

「そんなに心配しなくても……」

しゅんと眉を下げた文華に彩香が大真面目に説教していて、自分はここで働いていけるのだろうかと微妙に心配になる周であった。

よいのか悪いのか、即採用が決まった周は、雇用契約書をもらって家に帰ってきていた。

面接というよりは単なる顔合わせだったが、雇用主のお眼鏡に適ったようなので一安心である。

あんなにあっさり決まっていいのかは分からないが、働き口を見つけられたのはよい事だろう。むしろ順調すぎて後々しっぺ返しがあるのではないかと心配になるくらいだ。

後は自分と両親の署名と捺印をして契約書を送付すればいいようだ。

帰る途中に彩香には謝られたが、文華のキャラが濃そうなのは聞いていたしあれなら彩香もたじたじになるのは仕方ないだろう。これは志保子とはまた違った押しと我が強いタイプだ。

(糸巻さんは糸巻さんで母さんに会わせたら駄目なタイプだな)

今日志保子は千歳と会っているのだが、個人的にあの二人は混ぜるな危険タイプだと思っているので、正直どうなるか不安な部分がある。

千歳も志保子も越えてはならないラインは弁えているし大丈夫だと思うのだが、真昼が二人の勢いの餌食になっているのは間違いないだろう。

帰って来たら労ろう、と決めて玄関を開ける。

「ただいまー……って、父さん?」

「おかえり」

てっきり誰も居ないと思っていたので帰宅の挨拶も小さなものだったが、何故か観光を楽しんでいる筈の修斗に出迎えられて一瞬固まってしまった。

別にこの部屋は志保子と修斗が借りているし合鍵も持っているので居てもおかしくないし文句を言うつもりもないのだが、てっきり修斗も志保子達に同行していると思ったのでこの家に居るのが想定外だった。

フリーズしている周に、修斗は不思議がる様子を見せる。

「あれ、連絡していたのだけど気付かなかったかな。志保子さん達は外で夕食をとるそうだから、周からバイトの契約書を受け取るついでに私が夕食を作ろうかなと」

面接もどきを終えて帰宅する道中に、バイトの面接に行って受かったので契約書に保護者としてサインしてほしい、という事をメッセージで飛ばしていたのだが、その後スマホを仕舞ったためメッセージが届いていた事に気付いていなかった。

言われてスマホを取り出せば、通知欄に修斗からのメッセージが届いている旨が表示されている。

「ごめん気付かなかった。つーか父さんも一緒に行けばよかったんじゃないのか?」

お出かけに行ったとは聞いていたがまさか夕食まで共にするとは思っていなかった。それだけ意気投合したのだという事は理解したが、父親がのけ者になっている事をどう思えばいいのか。

「ふふ、女性三人で仲良くするという事だったし、私が居ると白河さんが遠慮してしまうだろう? それなら最初から遠慮しておいて私は私で動いていたんだけど……周のメッセージを見てちょうどいいなって」

つまるところ、女子会に父親が参戦するのはどちらにとっても居たたまれなかったのだろう。

気遣っての事だから志保子も無理に誘わずにいたんだろうな、と納得して、周は肩を竦める。

「よかったのか？　折角の休みなのにうちに来て」

「最初から周達の姿を見に来たんだ、観光はついでだよ。そもそも私は昔ここに居たんだから、志保子さんが見るよりは目新しさはないと思うよ」

「まあそうかもしれないけどさあ」

「それに、周が一人でご飯食べるのは寂しいだろう？　料理も心配だし」

「……一応普通に作れるようになってますー」

ちょっとからかうような声に不貞腐れた声を返す。

本当に一応ではあるが、周も料理は出来るようになっている。無論真昼のような卓越した腕前とはどう考えても比べてはならないが、それでもこちらに引っ越してきた当初と比べれば雲泥の差がある。

きちんとレシピ通りに従って作れば、真昼の合格はもらえる程度には進歩していた。

苦手な事に対して全く努力をしないと思われるのも嫌なのでやや尖った声になったのだが、修斗は周の様子を見て何故か笑みを深めている。

「そうかそうか、周もやれば出来る子だからねえ。偉いね」

「……もしかして馬鹿にしてる？」

「そんなまさか。ただ、子供と並んで料理作るのが夢の一つだったから、その機会が図らずもやってきて嬉しいなって」

裏のない穏やかな、慈しむような笑顔を向けられて、周も毒気を抜かれて修斗を見ると「手伝ってくれるんだろう？」と確信を持ったような声を聞かせてくる。

勿論修斗にだけ任せきりにするつもりはなかったのだが、周の意思を見抜いたかのような言い方にまだまだ勝てないなと苦笑が浮かんでしまう。

「……ああ」

素直に頷けばふんわりと柔らかく微笑む修斗に、周もつられて笑みの形を変えながら頷いた。

修斗と周の合作ミートボールパスタを平らげて一息ついたところで、真昼達が帰ってきたのか玄関から解錠音がした。

真昼を出迎えるのは珍しいと思いつつ玄関に向かえば、紙袋をわんさか抱えている真昼と志保子が居る。

どう考えても一日の買い物量とは思えない量の紙袋なのだが、何をどうしたらそうなるのか、物欲は然程ない周にはちっとも分からなかった。

「……何でそんな荷物あるんだ」

「あら、周の分もあるから心配しなくていいわよ？」

「いや俺の分はどうでもいいけどなんでそんな買い物してきて何を買ったんだ」

両親達の稼ぎがよい事も基本的に無駄遣いをしないタイプだとも知っているので、本当に欲しいものだったんだろうなとは思うが、それでも些か量が多い。

「真昼ちゃんに着せたい服とか可愛い小物とかそのあたりかしら。周にも真昼ちゃんチョイスで敢えて着せたい服とか買ってきてるわよ？」

「敢えての時点で俺が普段着ないようなやつ買ってきたな」

母親に服を買ってきてもらうのは複雑であるが、真昼が選んだものなのでそうひどいものではないだろう。

それはまた追々真昼から事情聴取するにしても、どうしても紙袋の量が多い気がする。

微妙な呆れを含めながら志保子を見ていると、志保子は軽快な笑みを浮かべながら周の横をすり抜けていくので、周は残された真昼を見る。

彼女は彼女で少し困惑、というか買いすぎているのではという疑いが顔に出ているものの、真昼のために志保子が意気揚々と買ったらしく止めきれなかったように見える。

「……変なもの買ってないよな」

「へ、変なものはないですけど……？」

「そっか、ならいい」

不思議そうな真昼に一安心しつつ真昼から紙袋を受け取っておく。真昼のものかどうかは知らないが、荷物を持たせ続けるのも悪いだろう。

真昼が靴を脱いでいるのを見守りながらリビングの方に耳を傾けると、志保子はリビングで修斗と話している。どうやらバイトの話もしているらしく「あらまあ」という口癖にも近い声が聞こえた。

一応バイトの契約書は修斗が代表して保護者欄に書いてくれているので志保子のサインは必要ないのだが、志保子にも話は先に通しておくべきだったかもしれない。

（まあ父さんの方が話が早いっていうのと母さんを捕まえられなかったのもあるけど）

今日こうして結果的に家まで来ているが、本来両親は観光してこちらに来る予定はなかった。なので、両親はこの後一息ついたらホテルに戻るだろう。

スリッパに履き替え途中の真昼が周の体を支えにしている事にほんのりくすぐったさを覚えながら真昼を待っていると、真昼が思い出したかのように見上げてくる。

「そういえば、バイト先の見学はどうでしたか」

「ん、まあ気に入られたらしくて採用だってさ」

まさかあんなにもあっさりと採用されるとは思っていなかったので自分では困惑しているのだが、真昼は「周くんなら受かると思ってましたよ？」と何でもない事のように返す。

真昼は周の事を信頼というか多少過大評価している気がしてならないのだが、これを口にすると「そうやって卑下する」と咎められる事も分かっていたので黙っておいた。

「ちなみに店主さんはどんな方ですか？」

「なんというか、独特なお姉さんというか……」

「お姉さん」

「木戸の叔母さんって言ってたけど木戸のお母さんとは結構年齢離れてるらしいから、歳上のお姉さんって感じ」

女性に年齢を聞くのはタブーだと思って質問しなかったが、大体二十代半ばから後半くらいなのではないかと思っている。

ちなみに道中彩香に聞いたが、彩香の母は年齢の離れた妹である文華を大層可愛がっていたらしく、そこから文華も姉を慕い、その姉の娘である彩香を猫可愛がりするに至っているらしい。

お姉さん、という言葉に真昼の頬が微妙に硬くなっていそうな気がしたので、周はその強張りをほぐすように指先でやわやわとつついておく。

「心配しなくても、カップル大好き見守りたい派らしいので俺と真昼の仲良くしてる話を聞きたがってたぞ？」

小さなやきもちが発生しそうだったので事前に防いでおくと、真昼はさっと顔を赤らめてもぞりと居心地悪げに身を縮めた。

「……別に疑っている訳ではないのですよ？　ただ、もし周くんに惚れたらどうしようって思っただけで……」

「ないない」

「あります」

何故か力説してくる真昼に苦笑を返しつつ、不安がらせたのは悪いなとそっと頭を撫でる。

最初はほんのりムッとご不満そうだった顔が次第に緩むので、そのまま柔らかな髪の手触りを楽しむように優しく髪に指を通した。

「たとえそうなったとしても応えないし、もし万が一そんな事があって、業務に支障をきたすようだったら辞めるよ」

「そ、そこまでしてほしい訳じゃ……その、もやもやするなって、思っただけです」

「ああ。だから、彼女に嫌な思いさせるならそこで働かない方がいいだろ。別に俺の目的はそこで働く事ではなくて、目的に必要な金を手に入れる事なんだし」

あの様子では万が一にも周に惚れるなんて有り得ないのだが、もしその万が一があった場合で何かあった場合は、彩香には申し訳ないが辞めて別の仕事先を探すだろう。

真昼を幸せにするために働くのであって、真昼を悲しませるならそこに拘る必要はない。別の手段を取るだろう。

目的と手段を履き違えるつもりはないし、その選択を間違えるほど周は愚かでも鈍くもない。

だから心配しなくても、と付け足せば、真昼は周の胸に顔を埋める。

「どうかしたか？」

「……そういうところが好きです」

「そういうところ『が』?」

「そういうところ『も』です、ばか」

茶化せばちょっぴり拗ねたように呟いて周の胸に頭突きしてきたので、周は笑ってそれを受け入れつつ真昼の背中を優しく叩いた。

「んで結局バイトが決まったと」

翌日の学校で樹に問われたので素直に頷けば、軽い感じで肩を竦められる。

「木戸の紹介だったから心配はしてなかったけど、決まったならよかったよ。まあ、周が何か言いたそうなところがあるのは気になるけどな」

「まあ、うん。なんというか濃い人だったなと」

「お前が言うからには相当なんだろうな」

逆に気になるわー、と座った椅子を体重で傾けながら笑っている樹に周も苦笑はするが、今のところは伏せておくつもりだ。教えたらすぐに職場に来るだろう。

少なくとも周がバイトを始めても慣れるまで知り合いには職場に来ないようにしてもらうつもりだ。たとえ真昼であろうとそれは変わりない。

朝真昼にそう伝えたら盛大に拗ねられて、朝の時間が十分ほど真昼のご機嫌取り兼可愛がりタイムになってしまった。

そんな真昼は千歳のところで話をしている。

千歳はなにやらこちらを見てニヤニヤしているが、反応して面白がらせるのも癪なので敢えてスルーしておいた。

「まあ、多少変わった人ではあると思うけど、問題なく働いていけそうだと思う。木戸も何かあれば遠慮なく茅野を頼れって言ってるし」

「あー木戸の彼氏さんね。例の隠れマッチョの」

「その認識を本人に聞かれたら複雑そうな顔をすると思うぞ……そのあと木戸をジト目で見そうではあるが」

こちらを責めるというよりはそういう認識を植え付けた彩香に矛先が向きそうである。

本人はあまり悪びれていない、というより「何が駄目なの？」と言ってしまいそうなので、知らぬ間に本人的に不本意な認識の広がり方になっている総司を労いたいところだ。

ちなみに彩香はまだ学校に来ていないのか総司の所に居るのか、教室にその姿はない。

「とにかく、知り合いが居るってだけで安心感があるし、オーナーの人に聞いた限りでは年齢層が高めでおおらかな人たちが常連みたいだから困った事もそんなないらしいぞ」

「ふーん、それならよかった。何にせよ、バイトが決まったのならめでたい事だ。次からは何かあったらオレに相談してくれよ」

「はいはい、頼りにしてますよ親友殿」

未だにちょっぴり根に持っているらしい樹の背中を叩いておくと、照れ隠しのように口をへの字にしたあと周が叩いた時よりも強い力で背中を叩き返された。

　これも樹なりの友情の表し方のようなものなので咳き込みつつ笑って「このやろう」とやんわり頬に拳をぐにりと押し付ける。

　頬に微妙な攻撃をしかけつつちらりと真昼に視線を滑らせれば、真昼はむぅ、といったちょっぴり不満げな表情でこちらを見ている。

　朝言ったバイト先にくるのはお預け、という事が不服なのか引きずっているらしい。

ただ、理性的には分かっているらしくもあり、朝の甘えタイムでは真昼が我慢するという事で納得していたので、問題はないだろう。

　周の視線を辿った樹が「相変わらず愛されてるなあ」と唐突な茶化しを入れたので周が眉を寄せれば、樹は周の拳を柔らかく払いながらへらりと笑う。

「そういや昨日椎名さんとちぃと周のお母さんが買い物行ったんだろ？　ちぃが周の服を選んで楽しかったーって聞いてたけど、椎名さん何買ったの」

「……それ言わないといけないやつか」

「おう。オレの事を放っておいた親友殿よ」

「やっぱりまだ根に持っていやがる……だから、その。……猫のきぐるみパジャマだよ」

　昨日真昼に渡された紙袋の中身を思い出して渋々口にすれば、樹が盛大に吹き出した。

　そう、志保子と真昼が周にと買ってきたのは、猫耳フードのついたきぐるみパジャマである。

そんな明らかに女性向けのような可愛らしいものを平均より高い身長の周が着られる訳がないと思いきや「男性用もあったんですよ」と周の背丈でも問題ないサイズのものを用意していたのだから頭も抱えるだろう。

「お、お前がきぐるみパジャマって……」

「うるせえ。代わりに真昼はうさぎを着るからいいんだよ」

この年齢と体格で明らかに可愛い系のきぐるみパジャマなんて恥ずかしいにもほどがあるのだが、真昼がキラキラした目で見つめてきては着ざるを得ない。

これで自分一人で着る事になったなら断固拒否していたかもしれないが、流石にそれは不公平なのは自覚していたのか、代わりと言わんばかりに真昼も自分の分として淡いピンク色のうさぎをモチーフにしたきぐるみパジャマを買ってきたらしい。

それを真昼が着る、そして写真を撮らないという交換条件の下、周もきぐるみパジャマの着用を許可した。またお泊りの時に着る事になりそうだ。

前のネグリジェより余程健全な姿になるだろうから、周としてもいろいろと耐久しやすくて助かりそうである。

「周のパジャマ姿を椎名さんに写真撮ってもらって送ってもらおう」

「おいこらやめろ。そもそも絶対に撮らないように言ってる」

「えーいいじゃーん。大丈夫多分可愛い可愛い」

「そのひくついた口元を隠してから言え馬鹿」

口元を震わせながら余計な決意をしている樹の肩をべしべし叩く周に、樹は反撃はせずただ体を震わせて笑いを堪えるだけ。

少し離れた位置では「ほんと仲良いよねー」「ですね」と頷き合っている千歳と真昼が居て、周は思い切り渋い顔をしながら樹に緩く攻撃するのであった。

普段は昼食を真昼達と取るのだが、今日は彩香の誘いで彩香と総司の二人と食事をとる事になっていた。

彩香は口にしていなかったが、要するに同じ職場で働く事になる総司と親睦を深める機会を作る、という事らしい。

周としても、いくら友人の彼氏とはいえほとんど会話した事のない状態で仕事を共にするより、先に馴染んでおく方が気が楽だったため、素直に誘いを受ける事にしたのだ。

彩香に連れられて屋上までやってきた周は、既にレジャーシートを敷いて待機していた総司を見る。総司は周が来る事を承知していたのか、特に動揺はない。

「という訳で藤宮くんがそーちゃんと一緒に働く事になったよ！」

レジャーシートの一角を借りて腰かけた周を見ながら、彩香は人懐っこそうな明るい笑顔を浮かべている。

ちなみに総司は彩香の笑みを受けても淡々とした、というより若干憐れむような眼差(まなざ)しを周に向けていた。

「ああ……彩香に巻き込まれたんだね」

「ま、巻き込んだとは失礼な！　私は適切な人材を適切な職場に導いただけですー！」

「確かに藤宮はあの店に合うと思うけど……」

「でしょでしょ？　そーちゃんは私の事をもう少し見直すべきだと思うの」

まったくもう、とぷりぷりと不服そうにしている彩香はいつもより少しだけ幼く、恐らく茅野にだけ向けるものなんだろうな、と微笑ましさを感じた。

「いや、俺(おれ)から申し出た事だから木戸には助けられてるよ」

「そう？　でも、文華(ふみか)さんには困惑しただろ」

「それはまあ……」

まさかああいうタイプだとは思っていなかったので多少気圧(けお)されはしたが、悪い人ではなさそうだし、ああいうタイプは恐らく燃料を適度に与えておけば大人しくなると思うので、自分達に実害がない程度に話をしていけたらと思っている。

ただ、事前に言ってくれていたら心構えが出来ていたのは事実なので、そこは彩香には物申したさもあった。

ちらりと彩香に視線を向ければ、持参したらしいお弁当の巾着を開きながらぎくりと体を強張らせている。

「だって文華叔母様みたいな人をどう説明すればいいか分からなかったんだもん。強烈だから……」

「いやまあ結果的に働ける事は決まったし、いいよ。悪い人ではなさそうだしな」

「いい人ではあるんだよ？　ただ、こう、懐に入れると甘やかすしちょっと天然なところあるし日々妄想が激しいだけで」

「糧になる事はまあ仕方ない。実害さえなければ」

「……多分ないよ、うん。まあ、えっと、多分」

自信ないいんじゃないか、と突っ込もうか迷ったが、これぱかりは本人のせいではないのでやめておいて、周も真昼手製の弁当の包みをほどく。

昨日は修斗が夕食を作ったしパスタであったので、この弁当は普段の作りおきと修斗が余った食材で作ったおかず、そして真昼が朝作ってくれたおかずが詰められている。

朝からわざわざおかずをそれなりの量作ってもらった事は非常に申し訳なく思っているのだが、真昼が楽しそうだったので止められもしなかった。

普段から真昼には負担をかけているので、周自身でもお弁当を作ろうかとは思うのだが、それをすると真昼が「私の作ったものでは満足いただけませんでしたか……？」としょげてしまうので、実行に移せないでいる。

ちなみに両親は周達が家に帰る頃にはもうこの地を発っているので、朝電話で別れの挨拶(あいさつ)をしておいた。お互いに随分とあっさりとした言葉だったのは、どうせ冬休みか春休みにまた帰省する約束があったからだろう。

「あ、それ椎名さんが作ったやつ？」

弁当箱の蓋を開けて今日も真昼手製の出汁巻き卵が入っている事に満足していた周を観察していた彩香が、好奇心の滲(にじ)み出た笑顔で問いかける。

「これは真昼が作ったやつだな。こっちの甘酢団子は顔を見せてくれた父さんが作り置きしてくれたやつ」

「お父さんが料理出来るんだね。うちの父さんと一緒だ。母さんはまあ料理出来ないし家事も出来ないからね、父さんがやってるんだよね」

「香織(かおり)さんはあまりにも特別な気がするんだけど」

香織というのは恐らく彩香の母の名前なのだろう。どうやら家事が全く出来ないようだ。

「……そ、その、誤解がないように弁明しておくけど、私の母さんはお仕事はバリバリ出来るからね？　ちょーっと家事が出来ないだけ！　最近はレンジ爆発(ばくはつ)させなくなったし、洗濯くらいは出来るよ！」

「レンジはそもそも入れるものを確認しないのが悪いし洗濯は洗濯機に洗剤入れてスイッチ入れるだけだからね」

「そーちゃんは庇うつもりある？」

「彩香が自分で言いだした事だし……」

オレは具体的に香織さんが何かやらかしたとは言ってないだろ、と総司に言われて、自分で口を滑らせた事に気付いたらしい彩香が頬を引き攣らせたのが見えた。

とりあえず、周は聞かなかった事にしておいて素知らぬ顔で目を逸らしておく。

「ま、まあ、だから両親は私に家事出来るようになってほしかったんだろうねえ。や、出来るようにはなったんだけどね？　お父さんがそれでも文句があるみたいというか」

「女の子らしくなってほしいという願いを込められて育てられて、そう育ったのはいいけど筋肉大好きっ子になったからオレよく泣きつかれるんだけど。彩香が男の裸追いかけてるって」

「人聞き悪いね⁉」

事情を知らない人が聞けば誤解される事間違いなしの発言に目を見開いて悲鳴じみた声で不服を申し立てている彩香に、周は否定しきれるものでもないよなあ、という感想を一つ。

（まあ筋肉大好きって事は生の筋肉見たいって事だからなあ）

本人的には何ら他意なく肉体美を求めているのだろうが、それを日頃から目撃している父親からしたら涙の一つや二つ流していそうである。

「そーちゃんが私を歪ませたの。というか追いかけてないもんそーちゃんのだけだもん、そーちゃんが悪い」

　つい笑みがこぼれる。


「人のせいにしないでくれ」

「そーひゃんのへいらもん」

　彩香の頬をうにうにと摘まむ総司と、舌足らずになりつつ不満を訴える彩香にくすりとつい笑みがこぼれる。

　付き合っているというのもあるだろうが、これが幼馴染の距離感なのだろう。樹や千歳のカップルともまた違った距離感は、見ていて新鮮だった。

「……な、なんで笑ってるの」

「いや、仲良いなと思って」

「それは藤宮くんには言われたくないなあ。椎名さんといちゃいちゃしてるのに」

「そこまでじゃないよ」

「いーや、いちゃいちゃしてます。こっちがあてられちゃうもん」

　ビシッと人差し指で周を指し示した彩香に総司が「人を指で指さない」と摑んで収納させてるあたり本当に息が合っているな、と思いつつ、周は静かに息を吐く。

「……別に、意図的では」

「つまり日頃から仲良しでらぶらぶしてると。すごいねえ」

「うるせえ」

「でもまあ、だからこそ椎名さんのためにバイトを決意したんだろうね。将来を見据えて動けるってすごい事だと思うよ」

「……ああ、急にバイト決めたのは椎名さんのためにだったのか。藤宮は接客あんまりしたがらないタイプだと勝手に思ってたから不思議だったんだけど、そういう事」

説明をしていなかった、というよりはあまり言いふらさないでほしいと彩香に言ったからであろうが、知らなかったらしい総司が得心したように頷くと、彩香が微妙にバツの悪そうな顔になる。

恐らく真昼のためと言った事を、約束を破ったと思ったのだろう。

どうせ総司とは同じ職場で働くようになるので、そこは隠してもいずれは問われるであろうから無駄なので、真昼本人に言わない限りは問題ない。

「真昼には内緒な。驚かせたいから」

「そういう事です。言ったら駄目だよそーちゃん」

「彩香が口を滑らせたんだろ」

「あいたっ」

デコピンされて額を涙目で押さえている彩香を仕方なさそうに一瞥した総司は、呆気にとられた周に困ったように笑う。

「まあ、そういう事で認識した。オレも何かあったら出来る範囲で力になるよ」

「……ありがとう」

「こちらこそこんな彩香と友達になってくれてありがとう」

「……あれーおかしいな、私がそーちゃんの新たな友達の誕生に貢献した筈では……？　というか私、そーちゃんに心配されるほど残念な子じゃないんだけど」

「彩香は喋ってるとぼろが出るから」

「ひどい！」

総司の言い方にムッと唇を尖らせた彩香が、脱ぐと逞しい（彩香談）胸板を叩くのを、周は温もりを胸に感じながら見守った。

「あ、バイトの事なんだけど、始めるのはちょっと待ってねだって。シフトの相談と制服の関係で一、二週間待ってもらうって」

二人の夫婦漫才が落ち着いて改めて昼食をとり始めたのだが、思い出したかのように彩香が呟く。

文華にはまだサインをもらった契約書を提出していないので、電話番号など連絡先を知らない。故に彩香に伝言を託すしかなかったようだ。

流石の彩香も無断で連絡先を教えるのはよくないと思ったのか、こうしてバイトが決まった今でもメッセンジャーの役割を果たしてくれるらしい。

「まあすぐに始まるとは思ってなかったから。ちなみに制服って」

「ああ、この間のうちの店みたいなやつじゃなくて、もうちょっとシンプルなやつ。如何にもウェイターって感じのやつだよ。女性店員の服ももっとシンプルなやつだもん。フリフリじゃないから安心して」

「流石にあの喫茶店で派手な服だったらどうしようかと思ってた」

休業日にわざわざ店に居てくれたらしい文華と対面したために制服が分からなかったが、周が危惧していたようなものではなさそうなので安堵してしまう。

文化祭の時は比較的落ち着いたものではあったが、多少華美なものではあった。あれをバイトのみとはいえ毎回身に付けるのは厳しいものがある。

というよりあれを身に纏ってバイトしている姿を友人達に見られる事になったら、周は頭を抱える羽目になっていただろう。文化祭の時は少なからず浮かれていたし二日限定だと理解した上で身に着けていたが、バイトで日常的に身に付けるのは抵抗がある。

普通のウェイター服ならよかった、と安堵する周に、彩香は「あ、そうだ」と思い出したように声を上げた。

「あ、藤宮くんのサイズ教えちゃったけどいい？」

「いいけど、どうやって知ったんだ」

「この間の文化祭の時に見たやつと、あと見たら分かるから」

男子の体のサイズは服の上からでも大体分かるよ、と微笑まれたので、彼女の筋肉への愛がなせる技なのかもしれない。

側で聞いていた総司は呆れた顔を隠そうともせず「素直に変態って言っていいからね」と彼女にちょっぴり失礼な言葉をかけていて、彩香が「ひどい！」と眉を吊り上げている。

「まったくもう。……あ、流石に大体分かるってだけで筋肉の質とか密度は触ったり見たりしないと分からないから……も、もちろん、セクハラはしないよ？　私は合意の上で検分させていただくのです」

「そ、そうか……いやまあ、サイズ教える手間が省けたならよかった……かな」

「彩香、引いてるからねこれ。藤宮もこれを無理して褒めなくていいからね」

「人をこれ呼ばわりするのよくない」

ぷんすこと可愛らしく怒ってみせる彩香であったが、周と視線が合うとへにゃっと困ったように眉を下げた。

「なんかごめんね、変なところ見せて」

「え、いや別に今更というか」

「うぐぅ、刺さった。けど何も言えない……文化祭の時から普通に見せてたもんね……」

「や、まあ、うん。木戸が人とは違う趣味を持っているというのはよく分かったよ。別にそれをどうこう思う事は……まあ実害がない限りはないし、趣味嗜好なんて人それぞれだからな。気味悪がったり謗ったりするつもりはない」

周がその趣味嗜好の餌食になって問題が起こったなら別だが、そうでないなら周からとやかく言うつもりも権利もない。

人の好みはそれぞれなので、こちらに害がない限りは尊重すべきだろう。

そもそも自分と違うからといって排除するような考えを持って育った覚えはない。

それから、真昼もひっそりと筋肉フェチに目覚めている気がしてならないので、あまり他人事のようにも思えなかったのだ。影響を受けているという点では彩香に文句をつけてもいいのかもしれないが、真昼が楽しそうだし周の好きな部分が増えたというのならいい事……なのかもしれない。

まあ、彩香の強い筋肉フェチを拒むつもりも否定するつもりもないが、多少戦慄したりはするのはご愛嬌である。

そもそも他人に文句つける権利ないしなあ、と真昼お手製の出汁巻き卵を箸で掴みながら呟くと、彩香は感極まったように体を震わせて、満面の笑みで周の肩を嬉しそうに叩いた。

「藤宮くんはほんと育ちがいいというかいい人だねえ！　椎名さんが好きになるのも分かる！」

「……彩香」

「何そーちゃん嫉妬してるの？　大丈夫、私はそーちゃん一筋で……」

「や、それはいいけどそうじゃなくて、藤宮が打ちひしがれてるから……」

肩を叩かれた衝撃で箸から出汁巻き卵が転がり落ちて、昨日のミートボールパスタの肉団子の余りで作った甘酢あんの肉団子、そのたれに落下していた。

レジャーシートや服に落ちなかった事は幸いだったが、出汁巻き卵の繊細な味付けを好んでいた周としては、この味変化に結構なショックを受けて固まってしまった。それを総司が打ちひしがれたと捉えたのだ。

甘酢たれにまみれた出汁巻き卵を眺めていた周に、彩香は慌てる。

「ご、ごめんね！　そういうつもりなかったんだけど！」

「い、いや、いいよ、食べられるから。別に地面に落とした訳じゃないし、このあんも美味しいから……」

「めっちゃ凹んでる！　ごめんね！　後で椎名さんに土下座して作ってもらうようにお願いするから！」

「い、いや大丈夫だから」

そんな深刻に凹んでいないつもりなのだが彩香が平謝りしてきたので周は軽く微笑むと、何故か物凄く申し訳なさそうな顔で頭を下げられるのであった。

「周くんってほんと出汁巻き卵好きですよねえ」

彩香から事情を説明されたらしい真昼は、下校途中に思い出したように笑った。

今日はお互いどこにも行く予定はないのでいつも通り並んで下校しているのだが、夕食の内容を決めている途中で思い出したようで「嬉しい限りなんですけどね」と付け足した。

余程彩香から聞いた周の様子が面白かったのかくすくすと、あくまで上品に笑っているので、周囲の視線がちらちらとこちらに向く。

無駄に笑うな、と繋いだ手をにぎにぎしておくのだが、彼女の笑みは収まりそうにない。頰をつねりたくても真昼の鞄を握っているし、反対は手を握っているのでままならない。

「お弁当に定期的に入れてるじゃないですか。今朝は残りも出したし、たまに夕食にも出していますよ?」

「それはそれ、これはこれ。俺はあの昼食べたかったの」

「もう。お陰で真剣な顔で木戸さんに謝られて懇願されたんですからね」

彼女は責任を感じたらしく、律儀に真昼に頭を下げに行っていた。

別に周としては彩香を責めるつもりは一切なかった。小さな事で凹んでいるのはこちらだし、地面に落とした訳でもない。味が多少変わった程度だったのだ。

それがまさか本当に謝りに行くとは周も思っておらず、周が居ない間に謝りに来たと知らされて逆にこちらが申し訳なくなったほどだ。

「や、木戸には申し訳ない事をしたと思ってるよ。俺が勝手に残念がっただけだし」

「周くんが余程深刻そうな顔をしていたそうですよ」

「いやだってさあ……真昼の出汁巻き卵だし」

「いつだって作ってあげますよ」

「……夕飯も？」

「メニュー変更してほしいんですか？　さっき決めたばかりなのに、仕方ない人ですねえ」

まったく、と呆れたような言葉を使いつつも声は楽しそうにやや弾んでいるので、嫌という訳ではないのだろう。

穏やかな笑みを向けられて微妙にむず痒さと子供扱いされている感を覚えて、周は唇に力を入れて尖りそうになるのを抑えた。

「じゃあ今日の夕飯は出汁巻き卵をつけてあげましょう。代わりに今日は甘やかしてもらいますよ？」

「なんだ、そんな事でいいなら全然するけど。頼まれなくてもするし」

基本的にしっかりとしている真昼が甘えてくるなら、喜んで受け入れるし何なら望まれなくても甘やかすつもりだ。真昼を可愛がる事が趣味の一つになっているとすら言える。

あっさり承諾してみせれば、話を持ち出した真昼が逆にたじろぐ。

「……それはそれで困ります」

「何で」

「だって、周くんは加減を知らないじゃないですか」

「加減って。そんな乱暴にしてたか？」

「そうじゃなくて……甘やかすと決めたらとことん甘やかしてくるというか……」

「そりゃ決めた事はするけど」

一度やると決めたなら余程の事がない限りやり遂げるタイプの周としては、真昼がお願いしてくるなら好きなだけ、思うがままに甘やかす所存だ。

真昼が嫌がるまでするつもりはないものの、ぐずぐずに溶けてしまうくらいにはしていいだろうと思っている。

「……甘やかされすぎると、私が大変なんです」

しばらく腰が抜けて立てなくなるし、と小さく付け足した真昼に、つい笑ってしまった。

別に甘やかすといってもスキンシップと口付け、抱擁くらいなものなのだが、真昼的にはそれも結構に厳しいようだ。

ひたすらに甘やかすと力が抜けてふにゃふにゃになるのは周もよく見ているのだが、真昼としてはあの状態にはなりたくないようだ。

可愛いのにとこぼせば、うっすら赤らんだ顔で「際限なくしてくるからやです」と拗ねたような、甘えたような声の呟きが小さく落とされる。

「とにかく、過度なものはだめです。普通にしてください」

「普通に甘やかすって言ってもなあ。いつだって普通にしてるし」

「……これが藤宮家の血のなせる技……」

「父さんほどではないから」

流石に父親ほど甘やかしの技術はないし、ナチュラルにできない。

周にとって修斗は、非常に身内に甘く優しく、そして愛情深い男だ。

ただただ甘やかす、そんな心も体も蝕むような毒のような甘やかし方ではない。誰よりも家族の事をよく見ていて、本当に必要な時には距離を置いて優しく見守りながら、家族のためになる甘やかし方をする、そんな人であり、誰よりも深い愛情を惜しみなく与えてくれる。

周としては、彼より多少控えめというか落ち着かせたくはあるが、ああなりたいと思う理想の一つである。そこにたどり着いているとは思わないし、自分でもスマートさが足りないと思っていた。

周的には真昼は自制心が強いし強がるタイプのため、周が甘やかさないと何処かで折れてしまう可能性もあるため、程よく溶かしておこうと甘やかしているのだが、真昼にはそれが愛情過多として受け取っているようだ。

「その周くんの台詞を志保子さんに聞かせてみたいものです。惜しむらくは、もうここに居ない事ですね」

「なんで母さん。……まあ、帰っちまったからなあ」

既に両親はこの地を発っている。明日から仕事なので当然である。

文化祭と振替休日は随分と賑やかだったので、こうして改めて二人が居ないと思うと落差に戸惑ってしまいそうだ。

「寂しくなりますね」

「真昼は母さん達と居るのすげえ楽しそうだったからなあ」

「そりゃあ楽しいですよ。周くんの昔話も聞けますし」

「……甘やかし特盛かなあ」

「えっ、そ、それはちょっと」

両親が何を喋ったのか暴露してもらうために今日は徹底的に甘やかそうと決めた周に真昼が慌てるが、真昼が口を滑らせたのが悪い。

気付かなければ控えめに甘やかそうと思ったのだが、どうにもそうはいかないらしい。

どうふやかしてやろうか、と唇に弧を描かせれば、真昼は微妙に引き攣った顔で、スーパーに着くまで周の二の腕に頭突きを続けるのであった。


「……あ、あのですね、周くんは手加減が必要だと思います」

夕食後、甘やかし特盛の刑を執行していると、真昼が真っ赤な顔で周を見上げてくる。

ソファに一緒に座ってついでに真昼を撫でているだけなのだが、真昼はいたく恥ずかしがっていた。

別に性的な触れ方をした訳でもあらぬ場所を触れた訳でもないのに顔が茹だっているのは、真昼の顔を見ながら頭を撫でていたからか、腿の上に乗せてもたれかからせているからか。

「手加減って言われてもなあ。俺の何を聞いたのか教えてくれないとなあ」

「だ、だから周くんが心配するような昔話はされていません！」

「具体的には？」

「……周くんが小さい頃ブランコ漕ぎすぎて勢い余って飛んで泣いちゃった話とか志保子さんにほっぺちゅーしようとして勢い余って頭突きした話とか」

「アウト。情状酌量の余地はありませーん」

「そんなぁ……！」

小さい頃の周は母親のパッションにつられすぎて勢い余りすぎていたのでよくやらかしていたのだが、それを真昼に知られるのは何の罰だと思うくらいには恥ずかしい。

特に、小さい頃の母親の頬にキスする話なんて男に持ち出すものではない。黒歴史そのものである。

今可愛がられている真昼より、自分の預り知らぬところで過去の所業を暴露されている周の方が確実に恥ずかしい。

母親へのキスはそもそも未遂だったのでノーカンであるが、あの志保子には頬擦り兼キスくらいされていそうなので、この辺をほじくると頭が痛くなりそうだった。

余計な事を聞きやがって、と言う代わりに真昼の脇腹に指を滑らせてソフトタッチでなぞると、びくりと震えた真昼が頬を引き攣らせてこちらを見上げてくる。

もちろんやめてという懇願なのだろうが、お仕置きなのでやめるつもりはない。恐らく話は志保子から持ち出されただろうが、興味津々で聞いてるのは間違いないのだ。

同罪です、と言わんばかりに優しく優しく指先を動かす。

真昼はくすぐりに弱すぎるので一応遠慮しつつくすぐると、真昼はいつもより高く跳ねた声で悲鳴を上げて周にしがみついてくる。逃げようとしないのは、バランスが崩れるからだろう。

「ひっ、……ふあっ、ご、ごめんなさっ」

「……他に聞いた事は？」

一度丸裸にしておこうと志保子からのいらない昔話を全て聞き出すべく、フェザータッチに近い優しく丁寧に腰のラインをなぞっていると、真昼は笑いそうになるのを堪えながら悶えている。

「こっ、今回はないですっ」

「今回は」

「こ、言葉の綾ですから……」

「……仮に全部言っていたとしても、これから聞く予定がありそうなんですよねお嬢さん。俺だけ黒歴史知られるのはずるくないですかねえ」

「だっ、だって、私の黒歴史とかそれ以前の問題ですし……」

これといって話す事がない、と付け足されて、周は真昼をくすぐるのをやめた。

嫌な事を思い出させてしまったかもしれない。真昼にとって幼少期は親の庇護も愛も受けていなかった時期なので、彼女にとって触れられたくなかった事だろう。

そういう話題に繋げてしまって申し訳ない、と眉を下げて真昼を窺うと、真昼は周が何を考えたのか見透かしたかのように小さく笑う。

「別にそこは気にしなくていいですよ？　今の私にとってそこまで重要な事ではありませんから。今現在満たされている、それでいいです」

「真昼……」

「それに、私子供の頃も大人しい方でしたから周くんみたいなやんちゃさんではなかったですし」

「やんちゃで悪かったな。……まあ、真昼がおてんばなのは想像つかないなぁ」

からかうような言葉には頬を引っ張って仕返ししつつ、小さな頃の真昼を想像する。

確かに、真昼がおてんばな姿など想像出来ない。

幼い頃から親に認められようといい子であろうとしていたらしい真昼は、今よりもずっと大人しかっただろう。大人しい真昼などあっさりと想像ついてしまうので、おてんばな真昼も見てみたいものである。

（……真昼似の子供が出来たら見られるかな）

どちらの性質を継ごうが大人しめになりそうな気がしなくもないのだが、生まれてくるまでは分からないだろう。

大人しかろうがおてんばもしくはやんちゃであろうが、どれにせよ可愛い事には違いない。可愛げのない周に似るより是非とも真昼に似てほしいものである。

樹に聞かれたら「気が早すぎだろお前」と突っ込まれそうな事を勝手に想像してほっこりしていると、真昼は周の胸に顔を埋めて頬ずりした。

「……小さい頃の私はあんまり可愛げなかったですよ？　本当に、両親に褒められたくていい子にしてただけなので。その甲斐あってか年の割には出来る事が多かったですけど、結局可愛げのない子供って陰口叩かれましたし」

「誰に」

「その当時遊んでいた子供の母親にですかね。……周くん、顔、顔」

「だってさ」

子供に聞こえるような場所と声量で悪しざまに言う人が信じられないのでつい眉が思い切り寄ってしまって、真昼にうにうにとほぐされる。

特に子供は傷つきやすいというのに安易に悪感情を向けたその見知らぬ子持ちの女性には非常に物申したい事があるが、過去の事なのでどうしようもない。

真昼は引きずっている訳ではなくあっさりとした様子なのが幸いだが、傷となって残っていたらどうしてくれようかと思うくらいにはイラッとしていた。

「心配しなくても小雪さんが可愛いってべた褒めしてくれたので」

「小雪さんグッジョブ」

顔も知らない真昼の親代わりの女性に内心でサムズアップしておきつつ、真昼の頭を撫でて思い出を引き出しの奥から取り出している真昼を抱き締める。

「周くんが思うより私は平気だったのですよ。見知らぬ他人から何か言われるより、実の親になにか言われる方が私には辛かったので」

「……真昼」

「湿っぽい話をしたい訳ではないのでここまでにしましょうか。一つ言えるのは、当時辛い事はありましたが、周くんとこうして知り合って結ばれたのは過去があったからです。その過去まで否定する事はないので、そんな顔しないでください」

心配性ですねえ、と笑った真昼の額に唇を寄せつつ改めて抱き締め直すと、腕の中でもぞりと動きつつ頬を緩めた真昼が周に自ら口付ける。

「……それに、今は周くんに愛されてますので、平気ですよ？」

至近距離ではにかんでみせた真昼に、周は「可愛いやつめ」と呟いて、今日はもっと甘やかそうと心に決めてもう一度軽くキスをして、頭を撫でた。

こういう甘やかしは大歓迎なのか素直に周にされるがままの真昼は、とろんとした瞳で周にしなだれている。

　このままだと夢中になって真昼を際限なく甘やかしてしまうし勢いで自分も色々と溶けかねないので程々に、という理性の制限を改めてかけつつ、そういえばと言い忘れていた事を思い出す。

「忘れない内に先に言っておこうと思うんだけど、バイト始まったら平日は確実に帰り遅くなるから先にご飯食べていていいよ」

　もう少し早めに伝えておくべきだったなと思いつつ真昼を撫でる手を止めて告げると、真昼は腕の中でぱちりと大粒の瞳を瞬かせた。

「まだシフトは話し合い中だけど平日は閉店まで居る事になるから、多分家に着くのが二十一時くらいになると思うんだ。流石にそれまで待たせる訳にはいかないから」

「それくらいなら待ちますけど」

　お腹(なか)を空かせた真昼に待ってもらうのは悪いから先に食べてもらうつもりだったのだが、真昼は至極当然のように返す。

　何を言ってるんだ、と言わんばかりの眼差(まなざ)しで見つめられては周も困ったように眉尻(まゆじり)を下げるしかない。

「いや、お腹空くだろ」

「お腹より心が満たされたいので、周くんを待ちますよ。一人で食べても味気ないですし、私は周くんを待つ時間は嫌いではないですよ」

「遅くなるぞ？」

「他に部活している方やバイトしてる方達もたくさん居ますし、その方達と比べて遅いというほど遅い訳ではありません。……それとも、私が待つのは嫌ですか？」

「嫌な訳がないだろ。単純に待たせる事が嫌なだけ」

一人で静かにご飯を作って待っている、という状況にしてしまう事が周には申し訳ないのだ。まだ先にご飯を食べていてくれた方が精神衛生上よいのだが、真昼から譲る気は全く窺えない。

「何もせずに待つ訳ではありませんよ？　待つならその間にいくらでもする事はありますので。お風呂とか課題に予習復習、お手入れ諸々、やる事はそれなりにありますし、その順番が変わるだけですよ」

苦でもなさそうに告げた真昼が「心配性ですね」と笑って頬をつつく。

「周くんはどうしても欲しいものとやらのために頑張るのですから、私がそれを応援しない訳がないでしょう？　といっても、出来る事なんて温かいご飯とお風呂の用意くらいなものですけど」

「それだけですごくありがたいよ。……一番は、帰った時に真昼が出迎えてくれる事だけど。すごく元気出そう」

「私を見ただけで元気が出るならお安い御用ですね」

「……無理はしなくていいからな？　自分の都合優先してくれよ？」

真昼なのでするべき事があってもこちらを優先しそうなのだが、当の真昼は笑って流している。

周としては真昼を縛るつもりはないのだが、真昼は周と一緒でなくては嫌なようで自分の意思を曲げる気配が見えない。

それだけ愛されているし想われているという事なので、嬉しくもあり、やっぱり無理はしないでほしいとも思ってしまう。

「周くんの方こそ、無理にお仕事頑張らないでくださいね？　その欲しいものは私には分かりませんけど、周くんは一度決めたらやるって人ですから心配です」

「無理はしない。真昼に心配かける訳にはいかないし」

「バイトの時点でちょっと心配なんですけど……周くんはお世辞にも社交性が高いとは言えませんから」

「事実だが微妙に失礼だぞ」

確かにそれは自他共に認める事ではあるが、正面切って指摘されるとどう反応していいのか分からない。

別に社交性がない訳ではない、と反論にはならなそうなぼやきを落とすと、真昼はそっとため息をつく。

「社交性がないというか、周くんは普段必要以上に社交性を求めていないだけで、やれば出来

ると は思っています」

「まあ、別に不特定多数と仲良くしようとは思わないし狭い輪で満足出来るからな」

「……ただ、本当にやれば出来るんですよね。スイッチの切り替えが出来ますからね。はあ」

「何でため息」

「……もし周くんがモテたらどうしようかと……」

随分と可愛らしい心配をしている恋人につい笑ってしまうと、笑い声を聞いた真昼がムッとした表情で顔を上げる。

「大丈夫だよ。モテないモテない」

「周くんは最近のご自身の評価を理解してないです」

「あのなあ。あのカフェの客層はメニューの値段や雰囲気的にダンディなおじさまやご婦人方らしいぞ。モテないしモテてても仕方ないだろ」

若者はこういった個人経営の閑静なカフェよりは、多少の騒々しさがありつつ気楽に飲み食い出来るチェーン店の方に行くだろうし、メニューを見せてもらった分には高校生大学生が気軽にお茶を楽しむには些か（いささ）お値段が張る。

その分飲食物全般の味はとても良いし落ち着いた空間がご年配の方達に人気らしい。

まあ経営しているのが妙齢の美人なお姉さん、というのもある意味おじさま方が通う理由ではあるだろうが。

総司曰く若い女性客というのはあまりこないらしいので、安心して働いているらしい。

なので、仮に多少モテたところでそれは自分より一回り二回り離れた相手であるし、それは最早（もはや）モテるというより息子や孫を可愛がるような感覚でのものになるだろう。

「だから真昼が心配する事はないよ。オーナーもいい人そうだったし」

「……それならいいですけど」

一応納得してくれたらしい真昼を宥めるように頭を撫でれば、ほんのりと不満そうながらもやっぱり嬉しいのか少し頰を緩めて周の好きにさせてくれた。

友人からの圧力

「バイトのマニュアル。先に読んで覚えていた方がいいだろって木戸(きど)が持ってきてくれた」

バイトを始める前に知っておいた方が心構えが出来るでしょ、という言葉と共に渡された、バインダーに纏(まと)められた勤務の手引を眺めていると、樹(いつき)が気付いたらしく話しかけてきた。

「何読んでるんだ？」

基本的な接客の仕方からメニュー表、器具の使い方にコーヒー豆の名前や種類に味の傾向など働くにあたって覚えておかないといけない事がまとめられている。

文化祭の件で基礎は学んでいるので接客の仕方とメニューを覚える事自体は別に難しくないのだが、お店に出してあるコーヒーの種類や味、豆の産地などを記憶して客に聞かれた際にきちんと説明出来るようになっていないとならないというのが案外手間で、暇がある時に読み込んでおく事にしたのだ。

「そういうのって外に出していいの？」

「あくまで接客とか器具の使い方の説明だから問題ないってさ。木戸が別に企業秘密的なものがある訳でもないって許可もらったみたい。早めに仕事を覚えた方が店的にも都合がいいだろ」

彩香がここまでケアしてくれるのは恐らく自分が紹介したからという責任感もあるだろうが、周がちゃんと記憶出来るという信頼もあっての事だと思っている。

共に働く事になった総司に頼り切りになる訳にもいかないので、出来得る限り早めに一人前になって店の役に立てるようになるべきだろう。

そもそも、そうしないと真昼を店に呼ぶという事も出来ないので、彼女の期待に応えるためにも大真面目にマニュアルを読み込んでいた。

ちなみに周が集中しているのを見てか、真昼は普段なら休憩になったら大体近寄ってきていたが今は周の元には来ず、何処かに姿を消している。

視線を樹からマニュアルの文字列に戻してじっくりと脳に刻み込む周に、樹はやれやれといった雰囲気のため息をついた。

「周ってそういうところ真面目だよなあ。まあその原動力が愛なんだけども」

「うるせー」

理由が理由なので否定こそしないが、他人に言われると気恥ずかしさが勝つので噛み付いてしまうのだが、彼にはそのつっけんどんな声に堪えた様子はなく、ただ笑っている。

「いやー、あの大人しくて人嫌いだった周がこうも変わるとは……愛は偉大だよなあ。人は変われるって事だな」

「さっきから俺をからかってどうしたいんだ、怒らせたいのか」

「いやいや。ただ、なんかこう、眩しいもんだなあって」

「勝手に目を眩ませておけ。そうしたらお前がバイト先に来れなくなるからな」

「ひでーよオレにもバイト姿見せてくれよー」

「自分は一切見せようとしないくせによく言うよ」

周をからかう樹であるが、彼もバイトしている事は知っている。ただ、何処でバイトしているのか、職種は何なのか、周は知らない。

基本的にあけっぴろげで寛容な樹だが、何故だか自分が働いているという事についてはあまり話題にしないのだ。

ひた隠しにしているという訳でもないものの触れてほしくないという感情もちらちらと見えているので周も必要以上につつくつもりはなかったが、ちくりと刺すくらいならいいだろう。

マニュアルから顔を上げて樹を見れば「あーオレ？　オレなあ」と半笑いで濁している。

「お前俺にはバイト先行きたいって言いながら自分の所には連れて行かないしそもそもバイト先教えてくれないだろ」

「にゃはは、言う必要なかったしなあ」

「そう言われればそうだが、何か怪しいバイトしてるんじゃないかって心配するだろ」

「ねーよ流石に！」

「じゃあ何してるんだよ」

「えー、まあいいか。花屋ですけどー。知り合いの店で働いてるんですー」

「……お前が花？」

完全に想定外の職を口にされて思わず目を瞠った周に、樹はバツが悪そうな顔をしている。

「ほーら、そう言われると思って言ってなかったんだ。お前の柄じゃないって言うの見えてたんだよ」

「柄じゃないとは言わないけど……普段花の事とか全然言わないじゃん」

「言う機会ないだろそもそも。オレもまだまだ詳しいっていうほどじゃないし。……まあ華道とかの関係上花を触る事もあるし、そこならって父さんに言われたからやってるの。そこしかバイトしてもいいよと許可が降りなかった」

ケッ、と吐き捨てる樹は嫌悪感を滲ませている。それが誰に向けられたものなのかは言われずとも分かるので、周としては眉を下げるしか出来なかった。

周の高校ではバイトを始めるには保護者の許可をもらった上で申請してから始めなくてはならない。

幸い周は修斗から許可をもらえたので手早く申請して通ったのだが、樹の場合大輝の存在がネックになっているのだろう。

周から見ても厳格な彼は、勉学が本分の学生がバイトする事自体あまり推奨しないタイプのように思える。というか実際却下されていたらしく「これでも妥協してもらった上で滅茶苦茶強引に押し切ったんだよ」と樹はぼやいている。

　彼を折れさせるのにどれだけの労力がかかったのかは、聞かない方がよいかもしれない。

「別にさー、花自体に不満はないけど、あれこれ指図されんのが嫌なの。もうオレ高校生よ？自分が自由に出来るお金を稼いで何が不満なんだっての。店長が父さんの知り合いでもあるから報告いくしさあ。ま、店長には同情してもらってるから当たり障りない報告だろうけども」

「そこまでしてバイトするってそんなに欲しい物あるのか」

　周が知る樹は特にこれと言って散財するタイプでもないし、遊びに使うお金もそこまででもない。たまにファストフードやカラオケに使うくらいで、それ以外は周が見える範囲では使っている様子が見えない。そもそもお小遣い自体はもらっているらしいし額も昼食代込みで多めに渡されているそうだ。

　なら何か大きな欲しい物があるのかと思ったが、樹はあっさりした様子で首を横に振る。

「うんにゃ、家でてもやっていけるように今から貯蓄してる」

「……すまん」

　思い切り踏み抜いてはいけない部分を踏み抜いてしまったので素直に謝ると、苦笑いを返された。

「そこで謝るの分かってたからあんまり口にしなかったんだよ。ま、これはオレの意地ってやつですし、逸りすぎと言われればそうだなって思うよ」

「……大輝さんとはあれからも？」

教室に千歳が居ない事を確認した上で声量を控えて問いかける。程よくクラスメイト達がお喋りしているお陰で、周の声は側に居る樹にしか届いていない周の声は側に居る樹にしか届いていないだろう。

クラスメイトづたいに千歳に漏れるかもしれないという懸念での声だったが、樹は周の気の回し方にへにゃりと笑った。それが嬉しさからではなく困ったという感情から来るものだと分かるのが、周には辛かった。

「何も変わってないぞ？　まあオレが中学卒業から入学にかけてかなり反発して暴れたから、元々ほとんど会話とかないんだけどさ」

やはりというか、家でも然程会話がない状態が続いているのだろう。

もしかしたら文化祭で周が余計なお世話を焼いてしまったので拗れたかもしれないと心配していたが、樹の態度を見るからにそうでもない様子だ。

「学生のうちは親に生活握られてるから、本気で制限されたら子供にはどうしようもないからなあ。備えあれば憂いなしって訳ですよ」

「……流石に大輝さんも学費や生活費を盾に言う事をきかせる、みたいに人道にもとるような真似はしないと思うけど」

確かに大輝は他人の周から見ても、言い方は悪いが融通の利かない、信念は揺るがない人だとは思っているが、同時に真っ当な大人としての責任感もかなり強い人であると思っている。

　これで息子を言いなりにしようと何もかも制限するタイプなら周も他人だからと遠慮せず抗議するだろうが、実際はある程度の制限はあれど樹に強制まではしていない。

　膠着状態に陥ってはいるが、無理強いをするような事にはならないだろう。

　それを樹も理解してるのか、呆れの強いため息を落としている。

「親父も頑固ではあるけど人として道を踏み外すような事はしないと思ってるぞ？　それはそれとして、もし何かあって親父の元から急いで去らないといけなくなったら、元手がないとどうしようもないだろ。オレは親父の頑固さを良くも悪くも知ってるからな」

「……難儀だなお前も」

「知ってるさ。でもこれがオレだからなあ」

　軽薄そうに見えて思慮深く、確固たる信念を持っている樹は飄々と言ってみせるが、その言葉が苦悩の末に築き上げられたものだと分かっている。

　たとえ父親の言葉であっても屈しない、ある種の頑固さが見える。

　そういう部分は父親に似ているんだよな、とは今の樹にとても言える筈もなく胸の内にしまって苦笑していると、どうやらお出かけから帰ってきたらしい千歳がひょこひょこと軽やかな足取りで近寄ってきていたのが見えたので、いつもの表情に戻しておく。

「なになに、深刻そうな顔して何話してんの？」

「んー？　周もバイトで大変になるからあんまり遊べなくなるなーって」

絶対に千歳には気取らせないと徹底している樹がへらりと笑ってさらっと違う事を言い出すので、周もそれに乗っかって「まあシフトそこそこ入れてるからなあ」と続いておく。

「ほんとそれ。あんまりバイトばっかだと私が寂しがるまひるんの心を射止めちゃうからね？」

「そりゃ困るからちゃんと真昼の事も蔑ろにしないように気を付けますとも」

「うむよろしい、そうするがよい」

「何様だ」

「あたっ」

真昼については一家言ある、と態度で示した千歳の額を指先で小突いておくと、彼女はわざとらしくよろめいて「いっくーん」と泣き付いていた。樹はへらへら笑ってよしよしと頭を撫でる事で慰めている。どうやら先程の周と樹の様子については誤魔化せているようだ。

大して力を入れていないというのに額を押さえて可愛らしくむくれてみせる千歳は、白けたような周の視線を受けてぺろりと舌を出していた。

「そんな顔しないでよーもう」

「千歳が偉そうなのが悪い」

「んもー、いいじゃん私とまひるんの仲なんだしぃ。それより早く周が私達を呼んでくれるようになるの期待してるね！」

「呼びたくなくなってきた」

「何でよ！　友達の勇姿を見たいだけなのに！」

「茶化さないにまにましないと誓えるのか？」

目を逸らされたので、強めに睨んでおくと顔がどんどん明後日の方向に曲がりだす。

「そんな事は……ない、と、オモウヨ」

「正面から言い切れないのに信用すると思ってるのか」

「だってー。周の接客スマイルって私達に向ける事ないしぃ。ゆーちゃんも見たいよねえ」

「あはは、そうだねえ」

周達が集まってたのを見てかいつの間にか側に寄ってきていた優太が柔らかな微笑みを浮かべながら頷く。

何故か優太も乗ってきたので、周としては何を考えているのかさっぱり分からず頬がひくついていた。

「接客スマイルってこないだ見ただろ……」

「あれはまひるんが居たから補正かかってるし私達に向けられたものじゃないしー」

「あのなあ」

「いーじゃんいーじゃん、ねーゆーちゃん」

「ねー」

「なんでお前らそういうところ結託するんだ。俺だけ見られて笑われるの不公平だろ……って思ったけど門脇(かどわき)は部活があるからバイトしてないしなあ」

陸上部のエースである優太は部活に忙しいので、当然バイトする暇はない。いくらこの学校の陸上部が根性論ではなく合理的な判断に基づいたメリハリのあるトレーニングをしているとはいえ、休みの日までバイトで常時動くような事になれば体力的に厳しいだろう。周が優太の立場なら、絶対にしない。

ちなみに千歳は親からバイトの許可が下りないそうだ。

ただでさえ学業に不安があるのだからバイトなんてしている余裕なんてないだろう、とこんこんと諭されたらしい。人の事をとやかく言えるものでもないが、千歳の成績がそこまでよくない事を考えると両親の言う事もごもっともである。

「絶対カフェ勤務とか似合いそうだよねゆーちゃん」

「門脇(かどわき)はいつもにこやかで丁寧な所作してるから割と想像出来るな」

「実際働くかはともかくとして、普段から笑っていた方が場が明るくなっていいだろう?」

「まあそうだな。門脇が笑ってると周りも自然と和やか……まあ和やかになる……？　からな」

「何で疑問形なんだい」

「さあな」

男子も女子もそれぞれ嫉妬(しっと)で背景に獰猛な獣を背負っていそうな気迫がある人が一部居るか

らであるが、これは優太に罪はないので彼にとっても深堀しない方がいいだろう。

最近クラス内では優太への嫉妬や取り合いは控えめになっているものの、やはり他クラスの好意を寄せている女子達からはかなりアピールを受けているようなので、モテるというのは大変なものなのだな、と改めて眺めて痛感した。

仮にカフェ勤務になったら学外からもさぞモテるだろうし女子達が通い詰めるのが見えているので、優太もバイトには手を出さないだろう。

「まあ何にせよ、早く藤宮が俺達を呼んでもいいくらいにバイトに馴染む事を祈ってるよ」

「……やっぱり門脇も来る気満々なの？」

「えー、そりゃあねえ。折角友達がバイトしてるなら行ってみたいじゃないか。ねえ樹」

「ウッ、優太がオレに圧かけてくる」

今までバイト先を周に言っていないのであれば優太にも言っていないだろうと思っていたのだが、案の定伝えていなかったらしい。

千歳はバイト先自体は知っているのか「いっくんは私でも近寄ってほしがらないもんねえ」と呆れ気味に圧をかけられている樹を眺めていて助ける気はないようだ。

「そりゃあ真面目にしてるところなんて見せたくないだろ！」

「お前、それいつも不真面目だって暴露してるけどいいのか」

「そりゃオレは不真面目ちゃんですのでー」

る。

「……どうだか」

確かに普段不真面目な言動が多いものの、それだけじゃないのはここに居る皆が分かってい

だからこそ優太もやれやれといった風にうっすら苦いものを含ませた笑みを浮かべているが、彼は彼で何も言うつもりがないのか肩を一度竦めるだけ。

すぐにいつもの笑みに戻って、視線が周に向けられる。

「ともあれ、藤宮がバイトするの楽しみしてるよ」

「……その笑顔が恐ろしいんだが」

「あはは」

優太の「のけ者にしないでくれよ」という圧を感じたので、周はふるりと体を震わせて「まだ先の話だからな」とはぐらかしておいた。

第7話　初めてのバイト

バイト先が決まってから一週間もすると、オーナーである文華（ふみか）から制服の用意が出来て今後のシフトも決まった、という連絡が来た。

話し合った結果、シフトは平日の内三日と土曜の週四勤務でまとまった。周（あまね）も二年生なので受験も意識しなければならないという事で、学業に支障のない範囲での勤務だ。部活動している生徒達と然程（さほど）拘束時間は変わらないだろう。

来年度は受験も控えており、周も勉学から手を抜くつもりはさらさらないのでこの勤務時間なら問題はなさそうだった。

（全部妥協せずにやるって大変なんだよなあ）

普通の学生生活に加えて受験に向けての学習やトレーニング、自分磨き、それに加えてバイトが入るので、真昼（まひる）と知り合うまで暇人であった周（あまね）からしてみれば考えられないほどに予定が詰まっている。

それを苦に思わないのは、明確な目的があって、そのためなら努力は惜しまないという強い覚悟があるからだろう。忙しい、という感覚はあるものの、それ以上に充足感の方がある。

今後の予定をスケジュールに書き込みながら「よし」と意気込むように小さく声を上げた。

「んじゃあ俺は今日からバイトだから、先に帰っておいて」

勤務開始日の放課後、真昼にそう告げれば少し寂しげな微笑みを返された。

それを見て少し心が痛むものの、こればかりはどうしようもないし真昼の笑顔に繋げるためにバイトをするので、のみ込むしかない。

真昼もバイトの理由は知らないが周が覚悟を決めて行動に移したという事は分かっているので、周の決断を揺らがせるような事をせず、周の意思を尊重する様子だった。

ただ、その物分かりの良さが周としては逆に不安になってしまう。

(絶対寂しがるんだろうなあ)

真昼は基本的に我を通そうとしない性格な上に、よく相手を見ており相手の事情を気にして譲ってしまう事も多々ある。

その謙虚なところは美徳だろうが、真昼の気付かないうちにストレスを溜め込む要因になるので、バイトを始めてからはより真昼の事を見るようにと心がけるつもりだ。

「あー周今日からバイト？　へー頑張ってー」

真昼が笑顔のままほんのりしょげているのを罪悪感を持ちながら見つめていると、真昼と帰ろうとしていたらしい千歳が軽い感じで応援してくる。

千歳は真昼が寂しがっているのを分かっているのか、バイトが決まってから構う事が増えている。真昼を気遣っているのは分かるのでありがたいのだが、時折こちらを探る目をしてくるのが微妙に怖かったりする。

「後ろからつけてくるなよ」

「……そんな事はしないよ？」

「今の微妙な間から信用は出来ないな」

こころなしか棒読み気味だった千歳が若干怪しいが、先に注意しておけば無理に尾行してくるということはないだろう。

千歳は人が嫌がる事を率先してするような事はまずないのだが、それはそれとして好奇心が働いて裏でこそこそ動く事はあるので、そういう点では完全には信用していない。彼女が動く事で大抵いい方向に動く事も分かっているのだが、今回は何の変哲もないバイトなので大人しくしていてほしいものである。

「……慣れてきたら来てくれていいが、慣れるまでは待ってくれ。拙い接客を見せたくないし」

「拙いとか言いつつ文化祭ではこなれてた感があったけどね」

「あれは普通の範疇だろ。木戸の指導あっての事だと思うし」

「……じゃあ、すぐに周くんのバイト先に行けるようになりそうですね。周くんはのみ込み早いですから」

楽しみにしています、と周を素直に送り出そうとする真昼に周は頬をかき、それから柔らかそうな亜麻色の髪をくしゃりと撫でた。

驚いたようにカラメル色の瞳を瞠る真昼の表情をじっと見て、周も頬を緩める。

「まあ、なるべく早く慣れるように頑張るし、早く帰るから」

「……いつまでも待つつもりはありますけど、早く帰ってきてくださいね」

「分かってるよ。晩御飯楽しみに頑張る」

一応クラスメイトは周と真昼が隣同士な事を知っているもののこうして夕食を当たり前のように一緒にとっている現状を知られるのは恥ずかしく、声を潜めての会話だが、隣に居て聞こえている千歳はにやにやしているし樹はヒューヒューと囃し立てるように声を上げた。

とりあえず樹だけ軽く裏拳を入れておいた。

「いってぇ！」とわざとらしくよろけて千歳にもたれかかったが、はにかむ真昼を観察する千歳は「いっくん重い」と邪魔そうに払いのけていたので、樹は割と悲しそうな顔をしている。

そんな二人につい笑うと、真昼も釣られて笑い出したので樹が微妙に恥ずかしそうに周の横腹を仕返しとばかりに小突いた。

こうして皆で和気藹々と会話する事に名残惜しさを感じつつも話を終えて、学校を出てバイト先に向かう。

初日という事もあり、同級生でありバイトの先輩となる総司と同じ日に出勤させてもらう事になった。ここは彩香も一枚噛んでいるのか廊下ですれ違った際に「という訳で今日からそーちゃんの事よろしくね！」と笑顔だった。

どちらかと言えば周がよろしくされる立場なのだが、彩香の無垢な笑みを見ていると何か言う気も失せて、素直に頷いておいた。

昇降口で総司と待ち合わせて向かう事になったのだが、総司は周の姿を見ても何を考えているのか分からない静謐な面持ちを崩さない。

「今日からよろしく」

「こちらこそよろしくな。不慣れだししばらく迷惑かけそうだけど……」

「迷惑をかけてるのは主にこっちだよ。彩香が結構ノリノリで藤宮推してたから」

「い、いや、木戸のお陰で就職先見つけられた訳だし恩を感じる事はあれど嫌になったりはしないから」

彩香の誘いは渡りに船といってもよいものだったし、こうして顔見知りが居て時給も悪くない、学生という事にも配慮してくれる職場を用意してもらえたのだ。むしろ彩香に頭が上がらないくらいである。

ちなみに何かお礼がしたいと言ったところ「椎名さん好みの筋肉に育てる手伝いをさせてほしい」というなんとも彼女らしいお願いをされたので、若干顔が引き攣りながらも受け入れる事にした。

これで周のトレーニングコーチが優太（ゆうた）に彩香と増えてしまったのは笑っていいのか分からない。とりあえず、真昼が喜んでくれる事に繋がるならよいのだろう。

そのやり取りを知っているのか知らないのか、総司は癖（くせ）っ気のある髪を軽く掻（か）いて「そうだといいんだけど」とため息まじりに呟く。

彼は彼で彩香の暴走に苦労しているらしい。交友を持って間もない周ですら彩香が筋肉に関する事ははっちゃけているのはよく分かるので、幼馴染みであり彼氏でもある彼は大変なのだろう。

（いや、いい子ではあるんだろうけどなあ）

人懐っこく裏表のない、それでいてきちんと損得の計算も出来る器用で善良な女の子、という事は分かっているので引きはしないが、彼氏である総司の苦労は推して知るべしといったところだ。

周の心持ちが眼差し（まなざし）に乗っていたのか、総司はそれに気付いたらしく余計に深々とため息をついている。

そんな会話をしている間に、周達は駅に着いていた。

バイト先は電車に乗りこそするが最寄り駅から二駅程度。樹や千歳の家の方が遠いくらいなので、バイトが終われば真昼が待ちくたびれる前には帰れそうだ。

バイト先も駅からそう遠くないので、通勤に困る事はないだろう。

「藤宮の家は学校から徒歩圏内？」

定期を持っていないので一旦ICカードにお金をチャージする姿を見ていた総司が、小さく問いかける。

「うん。俺は学校からそこまで離れてないとこのマンションだから」

「そうなんだ。いいね、家から学校近いとゆっくり寝ていられそう」

「まあ通学時間的に余裕はある方だと思うけど、俺は時々真昼が起こしに来るから……」

元々休日以外はある程度時間に余裕を作るように起床していたが、真昼が朝ご飯を作りに来るようになってからは更に朝の余裕が増えている。

起こしてもらわなくとも起きられはするのだが、真昼の声で目覚めるという至福のひとときを味わいたいという秘密のわがままのため、たまに起こしてもらうように頼んでいた。

元々周が寝ている時に家に来て朝ご飯を作る事も多かったため、特に労力は増えていないそうだ。

総司は周の言葉に「ちょっと意外」と呟く。

「藤宮はすげーしっかりしてるタイプだと思ってた」

「そう言われるって事は最近の外面は割といいように見えてるんだろうな。結構ダメダメだぞ」

昔に比べれば私生活の乱れはなくなっているが、真昼に頼っている場面も多いのでしっかりしているのかと問われると首を傾げてしまう。

勿論真昼に任せきりなんて事はしていないし自分が出来る事は自分でしているものの、真昼の負担は大きい。

本当に気を付けているし気遣ってもいるが、やはり自堕落気味だと自分では評価していた。

総司と知り合ったのは文化祭なので、その総司にしっかりしているタイプに見られていた、という事は外面はちゃんと取り繕えているのだろう。

「多分駄目の基準が違うと思う。駄目って言うなら彩香の方が……」

「木戸が?」

「彩香はしっかりしてるように見えるだろう?　家だと結構緩いしぐうたらしてるよ。オレも人の事は言えないけどさ」

「あんまり想像つかないな」

「まあ彩香も外ではしっかりしてるからね、オレの世話を焼こうとしてくるし。だけど油断するとオレよりも全然緩くなる。外では自立した感じだけど、中だと割と逆転する」

「……それは茅野(かやの)に甘えてる気がするけど。恋人の茅野相手だからこそ、油断した姿を見せてるんじゃないだろうか」

彩香がたまにおっちょこちょいをやらかすのは見ているが、それでも芯(しん)のあって気遣い上手な頼り甲斐のある女性だと思っている。緩い姿を外で見せず恋人の総司に見せているという事は、そういう事だろう。

茅野はぱちりと目を瞬かせた後、しばらく考え込んで気恥ずかしそうに視線を斜め下に向ける。

「……もしかして、これはのろけたという事になるのか。ごめん」

「い、いや俺は別に気にしないけど……」

総司が恥じている姿にこちらも妙に気恥ずかしくて視線を逸らす。

もしかしたらこういう風に無意識に自分ものろけていたのかもしれないと思って、周は羞恥から頬に力を込めて震えそうな唇を結んだ。

総司とやり取りしながら歩けば、あっという間に職場である喫茶店に着いていた。

周としてはこうして働くのは初めてで多少なりとも緊張していたのだが、総司はそんな周の気持ちを知ってか知らないでか、躊躇(ちゅうちょ)なく周を伴って店内に入る。

どこか懐かしさを覚えるベルの音を背にしながら中に入ると、先日訪ねた時は見なかった大学生くらいの年齢に見える男性店員が出迎えてくれた。

パッと見周より歳上(としうえ)の、洒脱な雰囲気を纏(まと)った青年であり、これから周も着る事になるだろうウェイター服を着こなしている。

「茅野君いらっしゃい。後ろの子は例の新人さん？」

「うん。同じシフトだからちょうどよかったんだ」

既に話は通っているらしく周の姿を見てにこやかな笑みを浮かべた男性店員に頷いた総司は、そのまま周の背を押して奥に繋がる廊下に向かう。

ちらりと顔を傾けて後ろに視線を向けた総司に釣られて後ろを見れば、入店しようとしている年配の男性客が見えた。

「お客さん来てるから俺達先に着替えてくるね。ごめん宮本(みやもと)さん、挨拶(あいさつ)はまた後でになりそう」

「りょーかい。新人君、また後でね」

緊張からぎこちない動きをしていた周に宮本と呼ばれた店員は茶目っ気たっぷりにウィンクを飛ばしてきたあと、入店してきた客の方に向き直った。

挨拶し損なった周がぺこりと会釈したのは見えたのか彼が後ろ手でひらりと手を振ったのを見て、二人は奥にある従業員用の更衣室に入った。

「ここ藤宮のロッカーね。鍵(かぎ)はこれ。制服はロッカーに入ってるからそれ着てね」

オーナーの文華に周の世話を任されているらしく、予め預かっていたらしいロッカーの鍵を周に手渡してブレザーを脱ぐ総司に倣(なら)うように周も職場の制服に着替えていく。

用意されていた制服は、事前にサイズを合わせていたので当たり前ではあるが周の体格にピッタリと合っていた。

今周が身に着けているのは、先程会った宮本という男性店員も着ていた白シャツに黒のカマーベスト、同色のギャルソンエプロンとスラックスという比較的シンプルなものだ。

首元は黒のネクタイで締めており、文化祭の時に身に着けた給仕服よりカジュアルではあるものの品のある、如何にもウェイターといった服装だ。

一応接客業という事もあって陰気な雰囲気のままだと店に影響が出るかもしれない、と髪もさっぱりとした風にセットしているが、衣装と合っているのか不安になってくる。

更衣室にある全身鏡を確認して、見慣れない姿に戸惑いつつも総司の方を見れば、総司もきっちり制服を身に着けて堂々とした佇まいを見せている。

彼は着慣れているのか、現状服に着られている感が否めない周と違って堂々と着こなしている。普段覇気のないとまではいかないがやや眠たげにも見える彼の表情が少しだけ力が入ったものになっているのは、仕事モードだからなのだろう。

「……変じゃないか？」

「別に問題ないと思うけど。椎名さんが見たら喜びそうだな、と思う」

既に総司も真昼が周にべた惚れなのは理解しているのか、揶揄するような声ではないもののからかうような言葉が飛んでくる。

「ま、真昼には当分見せるつもりはないし……」

「椎名さんが残念がりそうな気がする」

「もうされてるけどそこは納得してもらったから」

早いうちに仕事に慣れて迷惑をかけないようにするので、それまで待っていてもらうつもりだ。

小さく苦笑いをした周に、総司も同じように笑った。

「そういう茅野は木戸に喜んでもらったのか?」

「彩香はどちらかといえば着込むより脱ぐ方が好きだから」

「ああ……」

納得したような表情を浮かべてしまって、総司は先程よりも渋さの混じった笑みを浮かべた後ため息をついた。

「……別に彩香は着飾る事に興味がない訳ではないんだけどさ。あのフェチが悪さをするだけで」

「まあ、確かに茅野の筋肉すごいよなあ。秘訣とかあるの?」

共に着替えていたので総司も当然肌を見せていたが、服の上からは想像出来ないくらいに隆起した筋肉が見えた。

ただ、無駄に太いという訳ではなく、必要な分だけ鍛えられて無駄なものを削ぎ落とし引き締まった鋼のような体つきといった印象を抱かせるものだったので、周も思わず感心してしまうほどだ。

(そりゃ木戸も惚れ込むよなあ)

周の周りにも均整取れたスポーツマンらしい体つきの優太や、それに輪をかけて鍛えあげたような一哉が居るのだが、総司の体つきはそれらとはまた違う、肉体美というものに思えた。

「多分オレより彩香に聞いた方が必要以上に詳しく語ってくれると思うよ」

「ああ……それはそうだな……」

むしろ語らせせろという勢いであのポニーテールをブンブン振りながら爛々とした瞳と緩んだ笑顔で語ってくれるのが何となく想像出来て、周としては若干引き攣った笑いを浮かべてしまう。

好きなものを語る時は止まらないらしい彼女は周にもよく筋肉の魅力について語りたがっているのだが、流石の周でもそこまで語られると困るので程々にご教授願いたいものである。

「……藤宮も鍛えたいの？」

「いやまあ程よく鍛えた方が見栄えはいいし、多分真昼も喜ぶというか……お宅のお嬢さんが真昼に色々と教えてるから」

「ごめん。そこは本当にごめん」

「い、いやまあ俺も自己研鑽に励む理由にはなるので」

彼女が勢い余って筋肉の良さを布教している総司は複雑そうな顔で謝ってくるので、周も肩を竦めて心配を否定するようにひらりと手を振った。

「ごめんなさいね、出迎えられなくて」

総司に連れられて軽食を作るためのスペースである厨房に案内されて器具の場所や説明を受けていた周は、後から厨房にやってきた文華に申し訳なさそうな顔で謝られた。

「今日だとは覚えていたのだけど……総司くんが一緒だからと安心しちゃって。改めていらっしゃい藤宮くん。制服もサイズが合っているようで何よりですね。彩香さんの見立て通りでよかった」

「彩香の目は間違いないけどそれがそもそもおかしいんだよなあ」

総司が小さく呟いた事に少し笑いそうになったものの、堪えて文華に軽く頭を下げる。

「今日からお世話になります。よろしくお願いします」

「こちらこそお世話になりますからよろしくお願いしますね。……ええと、他の子達と顔合わせはしたかしら」

「宮本さんは顔だけ見た状態で大橋さんはまだですね。さっきカウンターの奥でコーヒー淹れていたから顔も合わせてないと思います」

「じゃあとりあえず顔合わせからしてもらいましょうか。今はお客様の注文もないみたいですし、ちょうどいいでしょう。今後一緒に働く方々ですもの」

おっとりと微笑んだ文華は「総司くん、ちょっとフロアで宮本さん達と交代しておいて」と総司に指示を出し、ゆったりとした動作で出入り口からフロアに居る店員達を呼ぶ。

総司は元気づけるように周の背中を軽く叩(たた)いた後、フロアに出ていった。

厨房に入れ替わるように入ってきたのは、先程総司と会話を交わしていた宮本という男性と、緩いウェーブのかかった明るい髪色のミディアムヘアーに女性では滅多に見ないような高めの身長が特徴的な二十代前半の女性だった。大学生くらいだろうか、大人びた風貌の彼女は千歳よりも拳(こぶし)一つ分くらいは頭の位置が高いように思える。身長が百七十を超えているのではないだろうか。

総司が言っていた事を考えれば、恐らく彼女が大橋という人なのだろう。

「あっ、さっき茅野ちゃんが連れてきた子だー。バイトの子増えるって言ってたもんね。よろしくよろしくー」

へらっと笑った女性は、緩い笑みのまま周に近寄って興味深そうに周囲を回りながら観察してくる。

背丈のある女性なので近寄られると必然的に顔の位置が近く、周としては先輩であり女性でもある彼女を無遠慮に突き放す訳にもいかず、どうしたものかと頬を引き攣らせるしかなかった。

そんな女性に、宮本は呆(あき)れも隠そうとせずにため息をついて、女性の首根っこを掴(つか)んで周から離した。

急な接近に固まっていた周に、宮本は首根っこを掴んだまま爽(さわ)やかな笑顔を浮かべる。

「ごめんねびっくりしたでしょ。俺は宮本大地(だいち)。これは大橋莉乃(りの)。何か困った事があったら頼ってほしいな」

「あたしの事これって言わないでよ。困ってる事があったらって言うけど今莉乃ちゃん困ってますー摑まれて困ってますー」

「じゃあちゃんと挨拶して。話はそこからだろ」

不満げな顔をする大橋に、宮本は咎めるように告げた後仕方なさそうに大橋の服から手を離した。

シャツの襟がよれたのを直しながら、大橋は改めて周に向き直って人懐っこそうな笑みを口元に湛える。

「ごめんねーびっくりさせちゃって。あたしは大橋莉乃。君の先輩です。いつでも頼ってくれたまえ後輩くん」

「こいつ頼らない方がいいぞ、よくやらかすから」

「ちょっと失礼な事言わないでよ大地」

「俺が何度尻拭いしたと……お客様に何度迷惑かけたと思ってるんだ」

「そこは反省してますって！　ごめんって！　わざとじゃないです！」

「わざとじゃないし不慮の出来事だったのも認めるけど、お前はトラブルを起こしすぎなの。分かる？」

とうとう、まるで子供に言い聞かせるように優しげに反論を許さないように語る宮本は、優しげなのに目が笑っていない。

どうやら余程やらかしているのか大橋は宮本に頭が上がらないらしく「分かったたってばー！」と悲鳴じみた声を上げている。

どうしようか、と痴話喧嘩とは言わないが似たような雰囲気の応酬を繰り広げている彼らを眺めていると、我に返ったらしい宮本が「ごめん、そっちのけで盛り上がって」と気まずそうに頬をかく。

「とにかく、今日から仕事仲間という事でよろしくね」

「はい、ええと、宮本さんと大橋さんですね。自己紹介が遅れましたが俺は藤宮周です」

「ほむほむ、藤宮ちゃんね。了解了解」

「……よくちゃん付けするやつなんで、大目に見てやってね藤宮君」

「ま、まあ好きに呼んでいただければ……」

呼び方程度で目くじらを立てるつもりはないので気にはしないが、周の年齢と見かけでちゃん付けされるのは違和感が拭えない。

宮本はそんな大橋に苦労していると言わんばかりのため息をつきつつ、穏やかに見守っていた文華の方に視線を向けた。

「それで、今日は藤宮君にどうしてもらいますか？」

「ひとまずは中でやる事を覚えてもらうつもりですよ。接客するにしてもまず緊張がとれてからですし、現場の勝手が分からないと上手くいかないでしょう。マニュアルは渡していたので読んでくれたみたいですし、総司くんも教えていたみたいですから、今日はまずその知識と実際の現場の認識を一致させる事を優先してもらおうかと。幸い、平日ですのでまだお客様はそこまでいらっしゃらないですから」

「すみません、お手数をおかけします」

「いえいえ。即戦力になれる人間なんてそうはいませんし、初めてなら尚更です。急がなくても人手は足りていますから」

「人手が足りているかって言われたらちょっと疑問ですよオーナー。俺達のシフトでギリギリ持ってるって感じですし……まあ、この喫茶店は極端に大きい訳ではないですから！　今の人数でも回せていたのはありますけど。……だから、藤宮君が入ってきてくれて助かるな」

にっ、と安心させるような笑みを浮かべて周の肩を叩いた宮本に釣られて笑うと、文華が微笑ましそうにこちらを眺めた。

職場の先輩方にあれやこれやと指導されて帰った頃には、普段ならばお風呂に入っていてもおかしくない時間だった。

自宅のあるマンションのエレベーターに乗りながら、周は大きく息を吐いた。

たかだか四時間程度の勤務なのに疲弊しているのは、慣れない環境や仕事というのが大きいだろう。大きな失敗はしていない（というより大きな失敗になるような仕事を任されていない）が、やはり初めての事には緊張がつきものだ。

幸い共に働く先輩達はクセはあると思ったが皆いい人だと思うし、たどたどしい周にも親切にしてくれる。

穏やかで柔らかな雰囲気の、とても良い職場だとは思う。

が、疲れるものは疲れるのだ。

エレベーターを出ていつもより重たい足取りで自宅の前にまで歩き、いつものようにドアを開けると——リビングに続く廊下の奥から真昼が駆け寄ってくるところだった。

あんまりに急いだ様子でどうかしたのかとぱちりと瞬きを繰り返す周に、真昼は安心したような笑みを浮かべる。

「お帰りなさい、周くん」

「ただいま。走ってこなくてもよかったのに。待たせてごめんな」

恐らくではあるが、ずっと周の帰宅を待っていたのだろう。

帰る時間帯は伝えていたが、一人は心細かったのかもしれない。

付き合うようになってからは風呂と寝る時間以外は真昼が周の家に居るので、最早この家に居る事が当たり前になっている。その状態で急に一人になれば、寂しくもなるだろう。

「い、いいえ、そんな事は。周くんの居ない間にやる事はいっぱいありますし」

「やる事いっぱいで寂しくはなかったと」

「……そ、それはまた別の話というか」

目を逸らしながらうっすらと頬を染める真昼につい笑ってしまえば、気付いた真昼がやや頬を膨らませる。不満げな眼差しではあるが、どこか甘えるような色があった。

拗ねたようにツン、とそっぽを向いた真昼に笑みを収める事もなく靴を脱いで家に上がる。

手を洗いに洗面所に向かえば、奥にある風呂場に灯が点いていた。

振り返って真昼を見れば、機嫌を直したらしい真昼が当たり前のような顔をして立っていた。

「お風呂とご飯、どちらを先にしますか?」

台詞をもう少し変えれば新婚の出迎えのような言葉を口にした真昼に、つい口元が緩みそうになったものの、なんとか堪える。

本人は恐らく自覚はないところが、また可愛らしい。きっと、周がのみ込んだ言葉を伝えたなら、一気に頬が赤く染まるのだろう。

ただ今の真昼にそれを言うとしばらく機能しなくなりそうなので堪えつつ、あくまで周に全て委ねるように淑やかな微笑みを浮かべる真昼に笑いかけた。

「真昼もお腹空いてるだろうし、先にご飯がいいかな」

「じゃあご飯よそってきますね。今日は初めてのバイトという事で頑張ったで賞の出汁巻き卵を作っておきました」

「やった。とんでもないご褒美だな」

家に帰ったらお風呂とご飯の準備が出来ていて、周の好物まで用意されているなんて、周は幸せ者だろう。

「ふふ、随分と安いですねえ」

「俺好みですごく美味しいし、真昼の、という付加価値がついてるから最高級だと思うけど。いつもありがとな」

そもそもわざわざ作ってもらっている、という時点で大変な手間がかかっているので安いなんて事はない。周のために作ってくれた、というだけでも十分なものだ。

その上で非常に美味しいのだから、とても贅沢なご褒美である。

毎日ご飯を作ってくれる上にこうして好みも考慮してくれるなんてありがたい。本当に得難いパートナーだと改めて思う。

この献身に報いないとなあ、と思いながら手を洗ってリビングに向かおうとすると、真昼が背中にくっついてくる。

振り返って真昼の表情を確認しようにも、周の背中に顔をくっつけているためその表情は窺えない。分かるのは、照れているという事くらいだろう。

ぐりぐりと額を擦り付けてくる真昼は、周のお腹を締め付けるようにぎゅむぎゅむと力を入れて抱きついている。

筋トレしててよかった、とちょっぴり思いながら笑えば、息遣いとお腹の揺れで笑った事が分かったらしい真昼がぺしぺしと腹部を叩く。

「……感謝してくれるのはありがたいですけど、不意打ちは駄目です」

「事前通告して褒め千切ればいいのか」

「そ、それはそれで困りますけどっ。……いつか私が翻弄してみせますからね」

そう言って離れた真昼は、何故だか気合いの入った顔で足早にキッチンの方へ逃げていく。

何とも勇ましい逃げ方だ、と思いながらひっそり笑って、周は自室に着替えに戻った。

「そういえばバイトはどうでしたか？」

今日はしっかりと和食で揃えたらしい夕食を食べていると、真昼が気にしていたらしくほんのりそわそわとした様子で問いかけてくる。

真昼としてはあまり周の仕事にあれこれ言うのは控えているそうなのだが、初の出勤日という事で気になっていたようだ。

「ん、別に問題はなかったよ。というか初日は大きな仕事は任されてないし。先輩達もいい人そうだったし、働き場所としてはいいと思うけど」

「そうですか……よかった。周くんが働きやすそうならよかったです。もしブラックな職場だと思うと……」

「木戸の紹介だし茅野も働いてて不満はなさそうだからそのあたりは大丈夫だぞ」

そもそも彩香の身内である文華が経営しているので、なにか問題あるなら彩香が気付くだろうし総司を働かせたりはしないだろう。だからこそ安心してバイトを始めたというのはある。

彩香は話すようになってから間もないが、多少変なところや余計な性癖を真昼に教えようとはするものの、善良な女性だと思う。

オーナーである文華も妄想を刺激するような事さえなければ普通に優しくて慎ましい女性（総司談）という事なので、働く事に問題はないだろう。

「心配しなくても、無事にやっていけそうだよ。勤務時間とかも都合に合わせてくれるし」

「……それならいいのです。周くんが頑張れそうならよかった。私は見守って応援する事しか出来ませんからね」

「それだけで十分だよ。帰ってきて美味しいご飯と温かい風呂を用意してもらえるだけで幸せだし。いつもありがとうな」

そういう形で支援してもらえるだけでありがたいし、幸せ者だと思う。

「……早く周くんのお仕事の姿見せてもらうためにも、微力ながら助力しますよ」

「……そんなに見たいものなの？」

密かな目的にほんのり呆れ気味な響きの声で返せば、力強く頷かれる。

「恋人の仕事場での姿は見たいものです。それに、木戸さんから見せてもらった茅野さんの制服姿を見る限り周くんにとっても似合いそうですので……」

「そうかねえ」

「見るの楽しみにしてるんですからね」

「俺としては見られるのは恥ずかしくて気が進まないんだけど……」

嫌ではないのだが、普段真昼に見せている自分とは違う姿を見せる事になるので、そこがなんともいえない気恥ずかしさを感じる。

ただ真昼からすればそれも「ギャップがあっていい」という意見らしく、普段見せないような姿を見たい真昼からしてみれば現状お預け状態らしい。

「……嫌なら我慢しますけど」

「嫌じゃないけどさあ……俺の営業スマイル見て楽しい？」

「普段は絶対にしないから逆に見たいというか」

「真昼が望むならいくらでもするけど……」

「……それは対私用の笑顔になりますから、別枠です」

そう言われればそうだろう。確かに真昼を特別扱いしないと断言出来ないし、真昼用の笑顔を向ける自信がある。

「それに、周くんが頑張ってる姿、見たいです」

「……なるべく早く慣れるように頑張るよ」

こう言われてしまっては、より一層頑張るしかなくなるだろう。愛しい彼女が一人前として働いてる姿が見たいというのなら、努力を惜しまない。

早く慣れた方が店としても助かるであろうし、周としても自信が持てる。

真昼の一声で更にやる気を出すのだから我ながら単純だな、と思いはしたが、期待したように瞳をわずかに輝かせた真昼の微笑みに、自分への呆れは溶けて消えた。

慣れない環境にも次第に慣れていくもので、一週間もすればバイトもある程度の事はこなせるようになってきた。

基本的には接客を主な仕事としており、注文品を作るという仕事は任されていない。自分が未熟な事を自覚している周(あまね)としては、ほっとしていたりする。

まだお客様に提供するコーヒーを淹(い)れさせてもらう事はないが、練習として空き時間にバックヤードの方で淹れ方を指南してもらっている。この喫茶店ではコーヒーに拘(こだわ)っているので、味の妥協を許さないのだ。

豆や挽きの細かさによって抽出する湯の温度や時間も変わってくるらしい。お客様に提供する味はこの味、と決めているので、それを再現出来るようになるまでは練習させられる。

ただ、抽出時間や器具の使い方、攪拌(かくはん)のタイミングなど覚えれば安定したコーヒーが出せるので、きっちり指導してもらった周(あまね)にも練習を重ねれば出来るようになるものだった。

「うん、美味(おい)しい」

入店したお客様の数も少なく注文も落ち着いたので、フロアを総司(そうじ)と大橋(おおはし)に任せて宮本(みやもと)から指導を受ける。

　喫茶店といったらこれ、といった風貌のサイフォンで淹れたコーヒーであるが、問題なかったようだ。

「ただ淹れるのを見てた限り、もう少し豆を撹拌した方がいいのと、抽出もちょっと短めでもいいかな」

「タイマーは使ってるんですけどね……」

「慣れない器具ってのもあって慎重にしてるせいでちょっと手間取ってるでしょ。多分そのタイムロスでちょっと渋みが強く出てるかな」

「すみません。善処します」

　厳しく指摘される訳ではなく、むしろ丁寧で優しく説明してくれるのだが、やはり人に提供するという事に自信がない事も手間取る一因なのだろう。

　それに加えてサイフォンのフラスコはガラス製なので、もしぶつかって落として壊しでもしたら……という危惧があったりする。

　そのあたりも見抜いているのか、宮本は「俺も最初の頃は触るの怖かったんだよね、壊しそうで」と軽やかな笑顔を浮かべていた。

「落としたり乱暴に扱わなければ平気だよ。藤宮君は物を扱うのも丁寧だからね」

「それならいいんですけど……」

「あそこの馬（ば）……莉乃（りの）は初日で割ったから藤宮君は気を付けてると思うよ」

何かとてもひどい言い直しを聞いた気がするが、聞こえなかった事にしておいた。

「まあ誰（だれ）だって失敗はあるし、一つくらい壊してもこっぴどく叱られるなんてないから安心して。流石に一気に複数個割ったら流石のオーナーも困った顔で叱ってくるんだけど」

「まるで体験したような言い方」

「莉乃がやったから」

あの時はオーナーの顔が引き攣（つ）ってたなあ、と懐かしむような眼差（まなざ）しと声で呟く宮本に、周は曖昧に微笑み返しておいた。

(阿鼻叫喚（あびきょうかん）だっただろうな)

サイフォン自体そこまで数がある訳ではないのはバイトを始めて分かっているので、それが複数個一気に破損した、という事は営業に支障が出るレベルだろう。

この店のサイフォンは文華（ふみか）お気に入りメーカーの拘（こだわ）りの品で揃（そろ）えているらしく、それが何個も買い替えとなると損害額は考えたくもない。

絶対に気を付けよう、と心に誓いつつ、宮本に淹れたついでに淹れた自分のコーヒーを口にする。

舌に広がる深みのある苦味。

さらりとした飲み口であり苦味はいつまでも舌に残るようなものではなく、マイルドではあるが奥行きのあるコクを感じさせてくれる。

周はあまり酸味の強いコーヒーは好きではないのだが、これは苦味と酸味と豆そのもののほのかな甘みがバランスよく主張しており、非常に飲みやすかった。

ただ、確かに前宮本がお手本にと淹れてくれたものより渋みと苦味が強く出ている気がしたので、要改善である事も思い知らされる。

「あっ、いいないいなー美味しそうなののんでるー」

注文がないのをいい事に一息つくと、フロアの方から大橋がやってくる。手にはトレイと使用済みの皿が載っており、お客様が退店したので片付けに来たのだろう。

「藤宮ちゃん一口ちょーだい」

皿をシンクに一度置いてから周にねだりに来た大橋に、どうしたものかと周が逡巡した次の瞬間には大橋は宮本に首根っこを掴まれて周から引き離されていた。

あまりに鮮やかな手際すぎて何が起こったのか一瞬理解出来なかったほどである。

「こら。藤宮には彼女が居るんだから、そういう誤解しそうな事をするな」

「あ、ごめんねそういえばそんな事を言ってた気もする。あたし兄がたくさんいてこういうの平気でしてたからさあ」

働くにあたって一応の事情を軽く説明していたので、宮本が止めたのだろう。大橋も素直に退いている。

呆れも隠さない宮本にへらりと笑う大橋は、ただの同僚というには非常に親しげな様子を見せていた。それはこの一週間で強く思ったのだが、本人に聞いていいものかと悩むところである。

「お二人は仲いいですね」

「まあ幼馴染だからねえ。もう二十年は側に居るし」

「腐れ縁と言っても差し支えはないね」

「ひどくない？」

不満げに宮本の脇腹にチョップを入れている大橋は、逆に横腹をつままれて悲鳴を上げたが、ここは客に見えないのをいい事に即座に殴り返している。

その様子は一朝一夕ではなり得ない気安さで、だからこんなにも親しげなのか、と納得してしまった。

ただ、幼馴染にしても距離は近い気がしなくもないのだが、男女の幼馴染みの距離感としてはこんなものなのか、と首を傾げる。

彩香と総司は付き合っているのであの距離感も分かるのだが、宮本と大橋の距離感もどちらかといえばあの二人と同じ匂いを感じるのだ。

それを指摘するほど打ち解けたとは思っていないし、好奇心で付き合っているのかと探りを入れるのは失礼だろう。

なので気になりはしたものの特に追求はせずただ二人の軽いやり取りを見守っていた。

「ちなみに藤宮ちゃんの彼女ちゃんはどんな子？」

宮本の手を何とか払いのけた大橋が無邪気に聞いてくるので、周はふむ、と視線を上向かせる。

「どんな、と言われても……優しくていい子ですよ」

真昼がどんな子、と言われると説明に困る。

同じ学校の人間なら言わなくても分かるだろうが、大橋は大学生であり周の学校には全く関わりのない人であるため、説明しないと分からない。

ただ実物を見た事のない学外の人間に天使様と呼ばれている女の子、と言うと笑われるか引かれるかのどちらかだと思われるため、その説明も出来ない。

かといって周が思う真昼像を伝えると、恐らく彼氏の贔屓目もプラスされる上意図していないのに盛大に惚気る事態にもなりかねない。

なのでありきたりな表現を使ったのだが、大橋の満足いくような説明にはならなかったらしく「むぅ」と唇を尖らせている。

「うーん藤宮ちゃん見てたら彼女さんも多分滅茶苦茶いい子なんだろうなあって思うけど、いい子ってだけだと情報が伝わってこないというか」

「まあそれは俺でも思いますが、とにかく頑張り屋のいい子ですよ。というか、そんなに人の彼女の人柄って知りたいですか？」

「そりゃねえ。他人の恋の話は蜜の味、女の子は幾つになっても恋バナが好きなもんよ。惚気も大歓迎うまうまなのです」

「女の子ねえ」

「大地、何か文句あんの」

「いえ何でも？」

「ま、まあまあ……」

何故か喧嘩しそうな雰囲気を醸す二人を宥めつつ冷め始めたコーヒーを啜る周に、宮本の言葉のせいか微妙にチクチクとした雰囲気の大橋が更に近寄ってくる。

「さておき。こう、藤宮ちゃんってマジメくんじゃん？　その藤宮ちゃんが惚れ込んでるっぽい彼女さんの存在は気になるものですよ」

「気になる、と言われても」

「ねえねえ連れて来ないの？」

「少なくともバイトに慣れるまでは来ないように言ってあります。残念ですね」

「えー」

可愛らしく不満そうな声を上げる大橋だが、ここは譲るつもりもない。

そもそもの問題として何故バイト先に連れてこさせる、もしくは訪ねてくる気満々なのかが分からない。樹に始まり職場の先輩にも言われるのは流石に想定外だ。

「まあいつか彼女さんが見られると信じるとして。ちなみに可愛い？」

「客観的にですか、俺視点ですか」

「どっちも？」

「客観的に見ればものすごく可愛いと思いますけど。俺視点は誰よりも可愛いです」

ここは嘘偽りなく素直に答えるべきだろう、と過度な惚気にならないよう出来るだけ熱のこもらないようにあっさりと答える。

真昼の容姿だけで言えば、当然好みの差はあれど誰が見ても美人だと答えるような美貌であり、そこは譲れない。

彼氏的には真昼の可愛さは容姿よりその言動や恋人にだけ見せる甘えん坊な姿の事を指して言いたいのだが。

（本人が狙ってる訳じゃないのにいちいち可愛いんだよなあ）

周にそんなつもりはないと理解した上での女子絡みのやきもちで拗ねるところや、寂しがった時に服の裾を引っ張ってくる事や、何かしら真昼の羞恥心が爆発した結果照れ隠しに頭突きしてくるところなど、全体的にちまちました仕草が多く、なんとも非常に愛らしいのだ。

これが本人も意図しての事ならあざと可愛いという評価になるのだろうが、真昼は素でやっているため周の心臓が持たない時がある。むしろ狙ってやってくれた方が周としても対処しやすいのだが、彼女は本心から自然とやっているので、いつも心臓を揺さぶられていた。

語ろうと思えばいくらでもその可愛さを語れるのだが、先輩二人にドン引かれるか呆れられるかの二択なので内心で語っておく事にして、言葉では淡白になるように気を付けたのだが――大橋はにまにまとした笑みで口元を押さえていた。

「あらやだのろけられちゃった」

「お前が惚気大歓迎で聞いたんだろ……」

「えー、だって彼女のためにバイトしてるんでしょ？　よっぽどいい女の子なのかなって。尽くしたくなる女の子って事でしょ？」

「彼女のために、はちょっと違いますよ。俺がしたいから、してるだけです。俺が勝手に決めた事ですから」

ここは、否定しておかなくてはならないだろう。

周がバイトを始めたのは、あくまで自分がそうしたかったから。真昼のためという大義名分など抱えたつもりなどない。

たとえこれが真昼の幸せに繋ぐものだと理解していようが、それを真昼の『ため』という、彼女に責任の一端を押し付けるようなものになってしまってはいけない。周が自らの意志で、自らのためにしているだけだ。結果として真昼のためになろうとも、ここは譲れなかった。

「彼女のためとかとても言えませんよ。俺が勝手にこうしたいって思って行動に移した結果寂しがらせていますので。自分勝手な人間ですよ、俺は」

真昼は周の選択を尊重してくれたのでこうして周が離れていても受け入れているが、それでも彼女を寂しがらせているし負担も大きくしている事は理解している。

だからこそいつも感謝しているし、早く目標を達成しようと努力出来るのだ。

絶対に彼女を理由に辛いとか苦労しているとか思いたくないときっぱりと言い切る周に、大橋も宮本も感心したように瞳を瞬かせていた。

「マジメくんだねえ」

「莉乃とは大違いだ」

「何であたし貶されてんの」

「お前は取っ替え引っ替えしすぎなの。この間の彼氏何ヶ月保ったんだよ」

「うるさいなー、あたしが誰と付き合おうが大地には関係ないでしょ。別に人の彼氏取ってる訳でもあんたと付き合ってる訳でもないんだから。幼馴染みだからってやる事なす事ケチつけないでくださーい」

「……ああそうかよ、それはどうもすみませんでしたー」

強めに突っ撥ねられた宮本が微かに眉を寄せて、どこか辛そうに視線を逸したが、その様子に気付いていない大橋が多少機嫌悪そうにフロアに戻っていく。

微かに縋るような眼差しを向けていた宮本は、周の視線に気付いたのか、何事もなかったかのようにいつもの穏やかな瞳に柔和な表情へと変えた。

「……ええと、宮本さん」

「んー？」

「なんかその、すみません」

周が余計な事を言ったからこうなったのでは、と瞳を伏せるのだが、宮本はからりと軽やかに手を振って笑い飛ばしている。

「あーいいのいいの、藤宮が悪い訳じゃないから。アレは昔からそうだったし、俺もあれこれ言っても今更だと思ってる」

「い、いえそうじゃなくて」

「藤宮」

「はい」

「人の心はままならないモンなんだ。俺がよーく知ってる」

「……はい」

「お前がそんな気にすんなって。いーの、気にしなくて」

周の心配を吹き飛ばすためなのか、それとも本人がもうそういうものだと諦めをつけているのか、周には分からなかった。

ただ確かなのは、あの時宮本が一瞬苦しそうに瞳を眇めた事だろう。

彼は周の心情を知ってか知らずか、いつも通りの表情で「フロア行くから片付け頼むな」と感情を乗せていないさらりとした声音で告げて、キッチンを出て行った。

その入れ替わりのように総司がトレイに食器を載せて戻ってきて、周の表情を見て苦笑いを浮かべる。

「……宮本さんに言っても無駄だと思うよ、あの人はあの人で藤宮とは別ベクトルで覚悟決めてる人だから」

カウンター付近にいたのか、事情は察しているらしい総司は困ったように眉を下げながら笑って緩く首を振る。

使用済みの食器を置きつつ彼なりに気にしているような言葉を向けているので、総司も二人の事情について察しているようだ。

「あんまり人の事情根掘り葉掘り聞くのは気が引けるんだけど、俺の想像で合ってるの？」

「オレは藤宮じゃないし頭の中覗けないから分からないけど、多分ね」

「……なんつーか、俺の周りに居ないタイプだからどう判断していいのか」

もしこの邪推が真実なのだとしたら、宮本は非常に苦労してきたのではないかと少し話を聞いただけの周でも分かる。

自分の好いた相手が自分ではない他の男を相手にして、しかも何度も相手を変えている。決して自分の方を向く事はなく、幼馴染みとして近い位置に居ながら掻っ攫われるのは、あまりにも辛い事なのではないだろうか。

その気持ちを勝手に推し量っても彼に失礼であると思ったが、それでも想像するだけで胸が痛む。

「誤解ないように言っておくけど、別に大橋さんも悪い人じゃないんだよ。ちょーっと惚れやすくて冷めやすいだけで」

「そんなに？」

「オレ一年の時からここで働いていて大橋さんはその前から居るけど、オレが知る限り歴代の彼氏は五、六人は居た。複数同時進行とかはしてないけど、とにかく相手がころころ変わってたね」

「おお……すげえモテモテな人だな」

「見かけゆるふわ美人だからね。中身は割と明け透けで苛烈な人なんだけど」

すらりとした長身のモデル体型でありながら顔立ちは甘めでふんわりした雰囲気を醸している彼女は、喋（しゃべ）らない限り楚々（そそ）とした女性である。口を開くと割とテンションが高く下ネタも普通にポンポン飛んでくるタイプなので、ギャップが大きい。

明るく気さくな人であるが、その見かけからこの性格は絶対に予想出来ないだろうな、とも思う。もしかしたらその点も彼氏が代わる代わるしていた要因なのかもしれない、と邪推すらしてしまう。

「……宮本さんも黙ってその男性遍歴を見守ってきてたの？」

「そうなるね」

「それはまた……」

「……まあオレ達があれこれ言う事じゃないし、この調子だと逆に何とかなるんじゃないの？　結局、大橋さんを理解して面倒見られるの宮本さんくらいだし。収まるところに収まると思うけどね。大橋さんから泣きつきそう」

あくまで職場の先輩後輩という立ち位置を崩すつもりもないらしい総司は実にあっさりとした評価を下している。

もしかしたら今までのようなやり取りを何回も見てきたからかもしれない静観っぷりに、周も宮本とそこまで親しくないのに口出ししてもよい事はないと思い直す。

あれこれこちらが心配して余計なお節介をかいて拗らせるより、本人達の選択と行く末を見守る方がいいだろう。時に背中を押す事も大切ではあるが、それが引き金で関係が崩壊する事もある。周はその責任を負えるほど、彼と親交がないのだ。

「まあ、宮本さんと大橋さんなら大丈夫だって。えっとこういうの何て言うんだっけ、割れ鍋に綴じ蓋？」

「茅野、流石にそれは失礼だろ……」

「誰が綴じ蓋だこら」

「げ、宮本さん」

恐らく聞かれてはならないところをうっかり聞かれてしまったらしく、宮本は屈託のないのに圧が強い笑顔で総司を見やっている。というか睨んでいる。

「茅野、お前サイフォン洗っておけ。フィルターもな」

「……うっす」

「藤宮、お前も行っておくか？」

「は、はーい」

これは逆らってはいけない、と周も引き攣りながら従っていると、フロアから帰ってきたのか様子見に来たのか、大橋の「あー大地新人いびりしてるー糸巻ちゃんに報告しておこー」と愉快そうな声が聞こえた。

「してませーん部外者は首突っ込んでこないでくださーい」

「いびってるやつに言われたくないでーすサイテー」

いびりではなくあくまで周達の自業自得なのでこの強い当たりも納得しているのだが、事情を知らない大橋はからかうような口調で宮本をついているため、宮本の態度が自然と硬化している。

「大橋さん、ああいう態度取っちゃうから宮本さんも頑なになるんだよなあ」

「……だな」

申し付けられた食器と器具の洗浄をしながら二人に聞こえないように会話しつつ、後ろから聞こえる声量を控えた言い争いの声に揃ってため息をついた。

第9話　天使様の隠し事

最近はバイトで日が暮れてから帰る事にも慣れていて、運動がてら夜道を軽く駆けながら帰っていた。

流石にこの時間帯に制服でウロウロしていると補導されかねないので、バイト終わりはわざわざジャージに着替えてから反射たすきまできっちり身に着けている。この格好はあまりおしゃれとは言い難いが、安全のためなのだから仕方ないものだ。

最寄り駅まで電車で帰ってきた後は車や歩行者に気を付けながら小走りでマンションに向かい、たどり着いた頃には既に一日が後三時間強で終わる時間だった。

普段なら、もう夕食を食べた後の団欒の時間だっただろう。

今まで帰宅部だった分この忙しなさは不思議な感覚があるが、悪くない。

これまでが緩すぎたのだ。真昼と知り合うまでは帰宅部のせいもありぐうたらしていたし、知り合ってからは一緒に勉強したりのんびりしたりして過ごす事が多く、予定も詰まっていなかった。

こうしてスケジュールをきっちりと決めてその通りに動くというのは、やや窮屈さを感じるものの充足感もあった。

「ただいま」

慣れてきたとはいえやはり肉体的にも精神的にも疲労は感じており、ほんのりとした気怠さを感じながら家のドアを開けて声を上げるが、家には明かりこそついていたが人の気配はしない。

てっきり真昼が晩御飯を作って待っているのかと思ったが、靴を脱いで上がってリビングの方を見ても真昼は居ない。

キッチンを覗くと、非常にいい匂いが漂ってきたしコンロには鍋が置いてあって蓋がなされている。

中身の煮物はもう出来上がった様子で、どうやら晩御飯の準備はしてから家を空けたらしい。

別に家に居なくてはならない訳ではないし自分の時間を大切にするのはよい事だと思っているが、珍しいな、という感想を抱いてしまう。

帰る前に帰宅するとメッセージを入れていたが、もう一回メッセージを入れておいた方がいいか、と考えが浮かんだ瞬間、玄関の方からどこか急いだような解錠音が聞こえた。

「あ、周くん、お早いお帰りで……」

「今日は後片付け他の人がやるってさ。あと走るペース早めにしてきた。……ごめん、何か真昼も自分の事してたみたいだしゆっくりした方がよかったかな」

「いえそんな事は！　早く周くんの顔見たかったですし！」

若干慌てながら首を振る真昼の髪がさらさらと揺れるのを眺めながら小さく笑って「それならよかった」と返す。

何とも可愛らしい事を言っている真昼には微笑ましさを強く感じるのだが、真昼は周の笑みを気にした様子はなくて微妙に居心地悪そうに視線を下に向けて小さく何か呟いた。

「真昼？」

「ああ、ちょっと考え事をしていたので、お気になさらず。周くんも帰ってきた事ですし、ご飯の準備しますね。お風呂に入っている間にご飯温めておきますから。お湯は溜めてますので」

「いつもありがとな。……ん？」

いつもよりなんだかぎこちなさを感じる真昼に内心で不思議がりつつも真昼の横をすり抜けようとしたところで、真昼からふんわりと甘い香りが漂った事に気付く。

普段から真昼はほのかに甘いいい匂いがするのだが、今の真昼は漂う甘い匂いの質が違う。

シャンプーや本人の匂いではなくて、甘い匂いが外からくっついたような、そんな香り。

具体的な事を言えば、焼き菓子系の匂いだ。

「な、何ですか」

「……いや、いつもの真昼と匂いが違うなって。何かお菓子系の甘い匂いがする」

「えっ。……それはその、おうちで……おやつ、食べちゃったので」

「そうか？　真昼はあんまり食べない俺よりも食べないいんだからご飯前になにか食べたらご

飯食べられなくなるんじゃないのか？」

基本的に間食は体型維持の目的で控えているらしいので、これまた珍しい。

それに真昼は食が細いという訳ではないが、どちらかと言えば少食だ。おやつを食べて晩御飯をしっかり食べるというのは難しいのではないだろうか。

「た、食べられますので問題ないです。いいからお風呂に入ってらっしゃい、周くんは仕事帰りでお腹(なか)空いてるでしょう？」

「それはもうぺこぺこだけどさ」

「では、汗を流して気持ちよくご飯にしましょう。ね？」

何かを誤魔化(ごまか)すように周の背を押す真昼に、周はやはり何かがおかしいなと思いつつも流されるように着替えを取りに部屋に向かった。

何やら真昼が周に隠し事をしているらしい。

バイトから帰ってくる度にその疑惑は強くなる。疑惑、というか確定だ。何やらこそこそとしている。

それは周が家を空けた時に限ってある事であり、周がバイト休みの日にはその様子は欠片(かけら)たりとも見せない。

なので、周に見せたくない何かがあるのだろう。

（……何を隠しているんだか）

真昼は基本的に隠し事や内緒話というのが苦手な人間ですぐに態度でバレてしまうのだが、今回は精一杯はぐらかし誤魔化し何事もなかったかのように振る舞っている。

それだけ周には知られたくない何かがあるのだろう。

かといって真昼に聞いたところで確実にはぐらかされるであろうし、周とて自分の知りたいという気持ちのために無理強いをしたい訳ではない。真昼には真昼の考えがあるだろうし、もしかしたら性別に関わる何かがあるのかもしれない。

そういった点も考えればしつこく聞き出そうとするのは失礼に当たるので、周は若干不審に思いながらも直接問いただす事はしていなかった。

ちなみに千歳や彩香に聞いても知らないの一点張り。

ただ二人の様子を見る限り、隠している内容を知っているらしい。つまり、二人も隠し事の共犯者という事になる。

仲間はずれな事に多少の不安を隠せないが、同性にしか伝えられない事もあるだろうからと何も言えずにいた。

「……真昼が何か隠し事してるんだよなあ」

聞き出しはしないものの不安と憂鬱さは募るので、思わずバイト仲間である総司にバイト先への移動中に漏らしてしまう。

ちなみに、本日も真昼は何か隠し事について進めるつもりらしいのが様子で分かるのでなおの事靄が胸に渦巻いていた。

総司とはシフトが被った際に一緒に店に向かっているのだが、電車で席に座った瞬間に告げたため、彼は突然の事にぱちりと瞬きしていた。

ただ、周の表情から軽い話題でもないと思ったのか、隣に座っていた彼は居住まいを正す。

「喧嘩とかしたの？」

「喧嘩では一切ない。ただ、真昼が何かを隠してこそこそしてるんだよなあ……俺が何かしたとかではないらしいけど」

一応、自分が気付かない間に何かしてしまったのではないかと思ってそれとなく聞いてみたものの、その問いには不思議そうに首を傾げていたので違うようだ。

このせいで余計に謎が謎を呼んでいるため、周の心労が嵩んでいた。

「うーん。彼氏に隠すってなると一般的な事を考えると浮気あたりなんだろうけど、椎名さんに限ってそれはないと思う。オレは椎名さんと親しい訳じゃないけど、椎名さんの性格と二人の仲の良さ的にまず有り得ない」

「それは自分でも思うし、真昼はそんな不誠実な事はしない。真昼は誰よりも浮気という行為が嫌いだからな」

総司が軽いたとえで言ったものは、真昼ならまず有り得ない。

彼女は複雑な生い立ち、環境で育ってきているため、不義は絶対に許さない質だ。最初から愛のない結婚だったとはいえ、愛人を外に作って過ごす母親を見て絶対にああなりたくないしならない、と言い切るくらいには浮気を嫌悪している。

そんな真昼が裏切りをする筈がないし、そもそも千歳や彩香が協力する事自体が有り得ない。彼女達も良識的であり一途な少女であるため、不義理を働く事に嫌悪感が強いだろう。

ただ、それ以外に隠し事となると思いつかない。

真昼は基本的にあまり隠し事は得意でないし、そもそもしない。周に隠れて裏で企むという行為自体罪悪感が勝つらしくて、何か怪しいと思って少しつつくだけで白状するタイプだ。

今回は本人が明確に隠したがっていて気付かれたくもなさそうなので何も言っていないが、大前提として隠し事はしたがらないし嘘がつけない人である。だからこそ、訝しむのだ。

「となると、真昼が俺に隠し事をするって事は多分やましい事じゃないんだよ。見せたくない、知られたくない何かは悪い事ではないと思う。本人にとって俺に知られるのが恥ずかしい事か、俺の事のどっちかだろうなあ。物を壊したとかなら素直に申告して謝ってくるし、害があったものでもなさそうだ」

大体真昼と知り合って約一年、付き合って五ヶ月ほど経っているのだが、ここまで一緒に過ごすと真昼の性格や癖は把握済みだ。

彼女なりに何か思うところがあって、必死に包み隠しているのだから、特に害はないが相当のものである事だけは分かる。

「じゃあどうするんだ？」

「別にどうもしないよ」

「え？」

さらっと言った周に、総司が思わずといった様子で聞き返してくる。

ガタガタと低く唸（うな）るような電車の走行音を聞きながら、周はその音に紛れ込ませるようにそっと吐息を落とした。

「真昼が隠しておきたい事なんだから、根掘り葉掘り聞くのはよくないだろう。俺にも内緒にしておきたい事の一つや二つあるし、触れてほしくないなら触れない」

周だってバイトしている理由を真昼には隠しているので、真昼の事をとやかく言えるような権利などない。

お互いに隠し事をしていて、それがあっても上手（うま）く二人の関係が保てるなら問題はないのだ。

「それでいいんだ」

「俺を意図的に傷つける事なんて絶対にしないと真昼を信じてるから。何でもかんでも関わっていくより、お互いに秘めておきたいところを侵さずにいた方がいい。信頼してるからこそ、その人のプライベートを尊重するべきだって。ずっと穏やかで居られるコツだそうだ」

長年いちゃいちゃし続けている両親からの言なので、説得力はあるだろう。

彼らは息子から見ても常に仲が良いと思うしお互いをよく理解していて側に居るが、何でもかんでも関わっている訳ではない。

両親を知る人からすれば結構意外に思われるらしいが、常にひっついている、というものでもなかったりする。

一人の時間を大切にする事も重要視しており、趣味の事をする際は結構な頻度でそれぞれ別の場所に居る。

一緒の場所に居てもそれぞれ別の事をしている事も多く、それでいて空気は温かく柔らかいものだから息子である周も心地よさを感じるくらいだ。

そんな両親を見てきたので、自分の時間も相手の時間も尊重する姿勢が出来ていた。

「ちなみにもしも何かうしろめたい事があったとしたら?」

「そうしたら俺に相談する価値がなかったという事だし、真昼が万が一俺を捨てたとしても俺が魅力がなくて不甲斐ないという事になるな。俺が悪い」

真昼は恐らく、非常に愛情深く一途で誠実な少女だ。そんな真昼が周に相談もなく周を捨てたなら、大概周の方に問題があるだろう。

真昼の事なので真摯に気持ちを伝えて関係を解消する筈だ。

それがないという事は、常識や倫理観に反しない何か個人的な隠し事、という事になる。そこを根掘り葉掘り聞いたり探りを入れたりするのは気が進まないし、隠したがっている真昼を不快にしてしまう。

それはそれとして気になってしまうのは、仕方のない事であると思うが。

「まあ、真昼だから大丈夫だろうけど、やっぱ気になるよなって。隠し事をされている身としては落ち着かないんだよなあ」

「……なんというか、藤宮って覚悟決めるとどっしりしてるよな」

「そう？」

あくまで真昼への信頼が厚いからこその待ちスタンスだ。

周が焦ったところで答えを出してもらえないなら、のんびり待っていつか明かされるのを待った方がいいだろう。

真昼の事だから悪い事にはならない、という確信があるからこそ、問い詰めはしない。不安に思うくらいは許してほしい、と情けない付け足しはさせてもらうが。

「こう、昔廊下で見かけていた時は俯いてたしあんまり自信なさげにしてたから……今じゃ立派な天使様の彼氏をしているな、と」

「実際自信はなかったからなあ。背中蹴ったり叩いたりしてくれた友達とか、支えてくれる真昼が居るからシャッキリ立ってるって感じだよ」

物理的に背中を蹴られ叩かれた事があるが、比喩的な意味でも背中はボコボコにされた。そのお陰でこうして真昼の隣に立っているし、真昼に支えてもらっている。

食事や生活習慣といった実生活の支えと共に精神的にも支えてくれているからこそ、周は努力を苦にも思わないし、むしろ楽しいと思えるのだ。

感謝してもしきれない、と締めくくった周に、総司はしみじみとした様子で頷く。

「……椎名さんって内助の功……っていうか、藤宮が大切にすれば大切にするほど藤宮を輝かせる存在だな」

「輝いてるかはさておき、真昼の隣に立つには弱気でいられないし、自分を誇れるようにならないと駄目かなって。男として立派になりたいっつーか……。そう思えるようになったのが真昼のお陰だな。実際支えてくれるし」

「……支えたいって思わせる藤宮の人徳もあると思うけど？」

「それはありがたい評価だけどさ。やっぱり真昼のお陰だと思うよ、俺がちゃんと背筋を伸ばせるのは。真昼のために……違うな、真昼に見合うように頑張りたいって思うのも、やっぱり真昼だからだし」

だから真昼はすごいんだよなあ、と呟くと、小さく「結局、のろけを聞かされたでいいんだろうか」と返されたので、何だか申し訳ない気持ちになりながら駅に到着するまで気恥ずかしさを感じるのであった。

バイトは週三回から四回、時々シフトの都合で増減するが概ねそのくらいの回数に収まっている。

土日も稼ぎ時とはいえどちらかは空けて自分や真昼と過ごす時間に費やしている。学生の本分である学業を疎(おろそ)かにする訳にも行かないのでオーナーの文華(ふみか)も納得していたし、バイトの真の目的も含めて色々と応援されていた。

今日はバイトの合間にある休みで、周は朝からゆったりしていた。

ゆったり、といっても筋トレや軽いジョギングは寝起きに済ませたし課題もさっさと終わらせてようやく一息ついた、といってもいいだろう。

昔より余程生活習慣も良くて健康的な生活をしているな、という実感が湧(わ)いてつい苦笑してしまう。

しっかりと朝にやる事を終えた周だが、気になる事があった。

そう、例の真昼の隠し事についてだ。

(今日も何かこそこそとやってたみたいなんだよなあ)

昼過ぎから周の家を訪れた真昼は、やはり微妙にぎこちなさがあった。おやつ時を過ぎた今でこそ落ち着いているが、周が視線を向けるとややぎくしゃくとした様子だったので、何かを隠しているのは明白だ。

別にそれを指摘する事はしなかったので、次第に平静を取り戻して今に至る。

ソファに腰掛けた周の隣に座った真昼は、落ち着いてこそいるもののどこか心ここにあらずといった様子に近い。考え事に気を取られていると言える。

折角の休みなので、少しくらい真昼を堪能したいと思ったのだが……ぼんやりとした様子の真昼に迫るのも悪い。せめて抱き締めてバイト生活で不足しがちな真昼成分を補給したいところだ。

「真昼」

「はい?」

「……ハグしてもいいですか」

反応が帰ってきた事に安堵しつつ恐る恐る問いかけると、真昼はカラメル色の瞳をぱちくりと瞬かせて、それからふんわりと淡い笑顔を浮かべて頷いた。

そっと手を広げてくれるので、厚意に甘えてそっと包むように真昼の体を腕で包み込む。

今日は、チョコレートの匂いがした。

(……毎日甘い匂いがするんだよなあ)

いくら真昼が甘いものが好きとはいえ、そんなに頻繁に食べるものではないし、体型管理をしっかりしているからこそ簡単には手を伸ばさない。

だというのに最近は甘い匂いを漂わせる事が多い。

側に居る周としては、甘いものは然程好きではないが甘い匂いは好きなので、近づいて触れる度に柔らかく香るお菓子の匂いも嫌ではなかった。

いい匂いだな、という感想に留めて華奢な肢体を丁重な仕草で抱き寄せるのだが、もっとくっつきたいと引き寄せるためにやんわりと腰に触れた瞬間に、真昼がびくりと体を揺らした。

「やっ」

思わずといった様子でこぼれた拒む声に、周は急きすぎたのではと急速に頭が冷えていくのを感じた。

普段から側に居てくっついているからといって、自分の都合で胴体に触れるのはよくなかったかもしれない。

いくら彼女とはいえ、好き勝手触っていい訳ではない。気分が向かない時もあるし、そういう風に触られたくない時もあるのだろう。

まずったな、という顔をしつつそっと体を離すと、真昼が訳が分かっていなそうな顔で周を見上げる。

「……ごめん。調子に乗りました」

「え、い、嫌じゃなくて！　違うんです！　ご、誤解させました！　周くんに抱き締められるのが嫌とかではないですよ⁉」

周が拒まれたと思っている事を察したらしい真昼は、慌てて身振り手振りで意見を主張してくる。

「でも嫌って」

「い、嫌というか……今、お腹を気にしているというか」

「お腹？」

「……ふ、太った説が。腰を掴まれるのは、ちょっと」

そう言ってお腹に手を当てる真昼に、周は首を傾げるしかない。

自己管理が完璧な真昼はベスト体型を維持しているらしいし、外見や触った感触では太ったとは全く思わない。

先程もいつも通りの細さで不安になるほどだ。むしろ多少肉がついた方がいいのでは、と健康的な面で心配になるくらいにはほっそりとしている。

「どこが？　細いままなんだけど。そもそも太る食生活してないだろ」

真昼が毎日家でストレッチや軽い運動をしたり時間がある時にジョギングしたりしているのは知っているし、周の家にあるゲーム機でフィットネス系のソフトを遊んでいる事も知っている。

帰宅部ではあるが美を保つための運動は欠かさない、自己管理の鬼とも言える真昼が太るとはとても思えない。

思えないのだが、真昼は何故か周と視線を合わせようとしなかった。

「……してたの？」

「ち、違います、ちゃんと運動は欠かしていませんし、むしろいつも以上にしてます。三食食事バランスも整えています。……います、けど……その、三食外で……」

「間食をしたと？」

「間食というか、……いえ間食をしました。それが原因です」

「珍しいなあ」

真昼はスタイルに気を付ける分食事にも気を付けるので、真昼が危惧するほど食べていたのは意外だった。

周と一緒に過ごしている分には余計に食べているのを見ていないので、自宅の方で食べているのだろう。それだけ美味しいものを見つけたのかもしれない。

「まあ食欲の秋って言葉もあるくらいだし、ご飯も美味しいもんなあ。夏とは違った美味しい食材も増えてきた時期だし、おやつを食べすぎても仕方ないよ」

「……私が優柔不断で凝り性なのがよくないというか」

「え？」

「いえ。……とにかく、お腹を触られると、脂肪が……」

「真昼の余計な脂肪ってほとんどないと思うんだけど……細いし摘まむ肉とかないじゃん。それにちょっとついたところで誤差だしそもそも真昼は細いし筋肉ついて引き締まってるから多少柔らかさが強くなっても問題ないよ」

周からすれば細さに対する世間的な要求が過剰なだけだし、真昼はその基準でも十分細いだろう。

別に真昼が多少ふくよかになったところで問題ないし、細いから可愛い、綺麗で好きというものではない。そしてそもそも真昼そのものが好きなので体型は関係ない。健康面で不安にならない体型ならそれでいいと思っていた。

だから気にしなくていい、と大真面目に真昼の目を見て告げれば、真昼は小さく「ううう」と呻きながら周を見上げる。

本人からすれば大問題なのかもしれないが、周にとっては多少の脂肪の増加など気にするものではない。むしろ世界に真昼が占める面積が増えるという事は喜ばしい事だろう。

そもそも触り心地的に増えてないのだから、お預けをされる方が死活問題である。

「……ちょっとくらい癒やされたいんだけど、だめ？」

「だ、駄目ではないですけど……いいですけどっ」

若干ヤケになったような真昼に笑って、周は真昼を引き寄せた。というよりは抱えるようにして持ち上げた。

固まった真昼を抱えて、脚の間に座らせるようにしてソファに座り直せば、ぬいぐるみ抱き締め体勢が出来上がっていた。

ソファで抱き締めるとなるとこれが一番楽な体勢なのだが、真昼は恥ずかしさからなのか微妙に居心地が悪そうにしている。

ただ、素直に収まって周に体を預けてくるので、嫌という訳ではないだろう。

しっかりと前に手を回して、本人が気にしているらしい腹部にも触れたが、太ったという勘違いはどこから来るのかと思うほど細くて華奢だ。

「……やっぱり変わってないけど」

「努力はしてますので。でも、気にはなるのです」

「こんなに細いのにな。……まあ真昼が拘るなら俺はあまり強く言えないけど、無理はするなよ。どんな真昼でも好きだから」

「……はい」

真昼が度を逸しない範囲で痩せたいというのなら応援するが、別に痩せてほしいと願った訳ではない。

太ったという勘違いは断固否定しておくが、その後の痩せようという気持ちや努力は否定したりはしないつもりだ。

無理だけはしないでほしい、と思いつついつもの柔らかな肢体を体いっぱいに感じるために優しくもしっかりと抱き締める。

どうしたらこんなにも細いのに柔らかいのか、女の子の体の不思議さを感じつつ、顔を肩口に埋めれば柔軟剤と真昼そのもののミルクっぽい香りに紛れて、甘い匂いが鼻腔に滑り込んでくる。

今日はチョコレート系統の匂いだな、なんて考えながら、首の付け根に唇を滑らせて軽く押し付ける。

別にどうこうしようなんて考えは一切(いっさい)ないのだが、真昼の肌に触れると幸せな気持ちになるし、白い肌が美味しそうだなと思ってしまう。男のサガなのでこればかりはどうしようもなかった。

滑(なめ)らかな肌に唇を寄せて口付け、頰(ほお)をすり寄せると真昼はくすぐったそうな声を上げた。

「……周くんって疲れが出てくると甘えん坊になりますよね」

「そっくりそのまま返せるんだけど……まあ、人肌が恋しくなるな」

真昼にも言えた事ではあるのだが、お互いに疲れていると相手にくっついて癒やしを得ようとする。体温や本人の香りを味わうと心地よくて幸せな気分になるのだ。

基本的には真昼の方が甘える頻度が多いものの、周も最近は疲れる事が増えてきたためにこうして甘える事も覚えてきた。

素直に甘えると真昼がいたく喜ぶので、ついつい甘えてしまうというのもあるのだが。

「好きにしてくださって結構ですが、痕はつけないでくださいよ。見えますので。……前のお泊りでされた時は千歳さんに見つかってからかわれたんですからね」

「ごめんって。……もう少し隠れる場所にしておけばよかったな」

あの時は周も興奮しきりで理性が半分仕事を放棄していた。勿論踏み越えてはいけないラインまでは踏み越えなかったものの、白い肌を彩るという欲求には素直に従ってしまった。

お陰で見える範囲にまでつけてしまったので、反省している。

あの夜の光景を思い出すと無性に恥ずかしくなって抱き締める力が強くなるのだが、腕の中の真昼は周の太腿をべちべちと強めに叩いた。

「そういう問題でもないのですけど⁉　周くんって慣れるとそうなるんですね⁉」

「な、慣れてる訳じゃないけど……その、やっぱり、俺のって徴、つけるのは、男的には嬉しいので」

一回肌を見た程度で慣れる筈がない。

思い出すだけで顔に羞恥がのぼるし、欲求が今か今かと鎌首をもたげてくる。それを理性で抑えつけているだけだ。

ただ、やはり欲求を抱く事自体は避けられないし、次があればまた同じように白い肌に周の唇が辿る軌跡を残していくだろう。

腕の中で不満げな真昼に「慣れる訳ないだろ、彼女の素肌なんだから」と呟きながら太腿を叩く手を自分の手で絡め取ると、真昼は急に大人しくなった。

耳が赤くなっているので、照れているのは明白だろう。

「……次は、本当に見えない所に少しで留めてくださいよ」

「次があるって前提を念頭に置いてくれるんだな」

「そ、それはその、……周くんがしてくれる事は、全部、嬉しいですし……触られるのも、心地よいですし好きです」

もじもじといった様子で小さく吐息をこぼすように呟いた真昼が愛おしくて、握った真昼の手に指を絡ませる。

周のする事なら大概受け入れるだろうし、触られるのも好きだと言ってくれる真昼にまた欲求が暴（あば）れそうになるが、何とか鎮めて首筋へのキスに留めておいた。

やはり敏感な真昼は体を震わせたものの、周の好きにさせてくれる。

「……とにかく、痕は今は駄目です。するならたん、」

「たん？」

「……何でもないです。気にしないでください」

「めっちゃ気になるんだけど」

「いいのですっ」

何かを言いかけて止まった真昼に首を傾げると、真昼は誤魔化（ごまか）すように語気を荒げて周に思い切り体重をかけてきたので、軽いなあと思いながら周は笑って受け入れた。

第10話　そうして迎えた天使様のＸデー

　周はバイトを始めているが、バイトがない日は全て真昼と過ごしているかといえばそうではない。

　真昼には真昼の生活があるし、一人になりたい、もしくは別の人と過ごしたい時もある。最近真昼が周に隠れて何やら企んでいるので、そのせいもありバイト休みの平日の放課後は家で夕食までゆっくり過ごしたり樹達と遊んだりしていた。

「本当にオレ達と遊んでていいんですかねえ新婚さん。奥さん拗ねない？」

　樹に誘われて優太も連れて三人でコーヒーチェーン店の新商品を味見しに来たのだが、テイクアウトして駅近くの公園でのみ始めたところで樹がそんな事を言い出す。

　ちなみに冗談半分で「周の店に行くのは？」と言われたので断固拒否しておいた。

「誰が新婚だ誰が。そもそも別に俺個人の時間なんだから遊ぶ事は問題ないだろ。異性ならともかく同性の友人、それも単なる遊びなんだから」

「やだ、オレとはただの遊びだっていうの……⁉」

「遊びに誘っておいて何を……そもそもそういう意味での遊びの関係にはなった事がないしあ

り得ない」

パートナーに浮気（うわき）されたかのようなわざとらしい言い分を口にしながらくねくねと体をしならせる樹に白けた目を向けると、急に素に戻った樹は何故（なぜ）か訳知り顔で頷（うなず）いていた。

「そりゃああんだけアツアツな二人に割って入れる訳がないんだよなあ」

「お前には千歳（ちとせ）が居るし俺にはお前がいらん」

「ひどい」

「まあ樹居るとお邪魔虫だからねえ」

「優太も辛辣（しんらつ）すぎない？」

さりげなく冷たい事を言っている優太は、新しく期間限定で発売され出したフローズンシェイクを飲みつつ素知らぬ顔で樹の言葉を流していた。

十一月に入って一週間と少し、もう冬の気配を端々に感じさせるような気候になっている。めっきり寒くなっているのによくそんな冷たいものを外で飲もうと思ったな、と思いながら、周は頼んだホット抹茶ラテをすする。

味方が居ないと踏んだらしい樹はこれまたわざとらしい仕草でさめざめと泣く振りをたっぷり十秒ほど披露した後、けろりとした様子で期間限定のスイートポテトラテを豪快に飲んでいた。

「まあ、いいとして。オレ達と遊ぶのはいいけど、お前疲れてないの？」

「これくらいで疲れてるなら門脇なんか常時へとへとだと思うんだけど」

「んー、部活はちゃんと休みはしっかり取らせるようになってるし、接客みたいな精神的なストレスがある訳じゃないからそんなでもないよ？　そもそも好きで走ってる訳だし。藤宮はバイトにストレスとかないの？」

「俺は特に。まああんまり接客が好きって訳じゃないけど、客の年齢層が高くて落ち着いてる人が多いし、バイトの先輩達も優しいし丁寧に教えてくれるから自分の至らなさにストレスはあるかもしれないけど環境にはないな」

まだバイトを始めて一ヶ月も経っていないが、彩香にバイトを紹介してもらってよかったと心の底から思っている。

接客業は将来的にも役に立つだろうし、人柄の良い人達がバイト仲間というのはありがたい。

正直なところバイトが上手くいくかの半分は仕事仲間によるものだと思っているので、穏やかな人達の居る職場を紹介してもらって頭が下がる思いだ。

また今度何かお礼でもしよう、と誓いつつ、紙カップを円を描くように揺らして肩を竦める。

「俺にはもったいないくらいのいい職場だと思うよ」

「それならよかった。やっぱり職場環境は働く上で大事だからね、使い捨てられるような職場だと嫌だし」

「そんな職場の場合はすぐにやめるぞ流石に。アルバイトだからって選ぶ権利くらいあるよ。

自分の心身の方が大事だし、そういう職場は多分真昼が嫌がる」

「愛されてるねえ」

「……今のは関係ないと思うんだけど」

それが言いたかっただけなのでは、と優太を見るものの、優太はにこやかに笑みを浮かべるだけなのでむず痒さを覚えつつそっぽを向いた。

「そういや周が働いてるのは喫茶店なんだよな？」

「ああ、どちらかといえば富裕層向けのだけど。飲食物全部うまいからそりゃこんだけ取るよなって感じ」

コーヒー豆は産地から焙煎具合やブレンドなどかなり拘っており、その拘りが遺憾なく発揮されたのがあの店のコーヒーだ。

勿論コーヒーだけが自慢ではなく、その他の飲食メニューも数は少ないながら味には大層拘っているため、隠れた名店として常連客達からは愛されているようである。

こういう時に文華は本当に何者なのかと思うのだが、姪である彩香にすら把握しきれていない顔があるらしくそれを聞いてますます文華の事が分からなくなっていた。

「ちなみに周はナンパとかされないの？　よくありそうなやつ」

「お前の中の喫茶店のイメージはどうなってんだ……されないよ。落ち着いたご婦人方には可愛いねえと褒めてもらえるけど、あれは多分拙さが可愛いという意味だし孫を見るような目だから」

不慣れな新人店員に生暖かい、もとい穏やかな微笑みを浮かべて見守るご婦人方や紳士方はかなり多い。大きな失敗は流石にしていないものの小さい失敗は結構に重ねているのだが、どれも穏やかに流してくれて本当に周としては申し訳なさやらありがたさに頭が上がらなかった。

そんな訳で余裕のある年配の方が多く、若い人は今のところあまり入店してこないので、そういったナンパの類は発生していない。

そもそも周より他に気が良くて格好のいい店員は居るので、ナンパ目的の人が居たとしてもそちらに行くだろう。

周にあるのは、精々祖母の年代のご婦人から「孫を紹介したいくらいだわぁ」とのんびり言われるくらいだ。勿論彼女が居るので丁重にお断りしているが。

「藤宮はこう、年上にはウケがよさそうだよね。基本的には物腰穏やかで所作も丁寧だから」

「接客なのに雑な動きする訳ないだろ……。まあ、客層的には俺みたいな静かで地味めの方が話しかけやすくていいんじゃないかな。よく話しかけられるから」

「それはモテているのでは」

「お話相手としてな。それも男女年齢関係なく。ゆったりとした空気だから店員も手が空いてる時はお客さんと話す事もままあるからなあ」

よくあるコーヒーチェーンのような雰囲気ではなく、穏やかな空気が流れた落ち着いた空間だからこそだろう。

そもそも常連客がたくさんいてそれぞれ落ち着いた人達だからこそ、ゆったりとした空気で話すような空間になっている。

「有閑マダム方に人気の周を想像すると面白いな」

「お前なあ……そういうのじゃないから。相手方に失礼だろ。変な妄想はやめろ」

「割とありそうなのがちょっと怖いよね」

「門脇まで……」

お前もか、と呆れた視線を向ける周ではあるが、優太が思ったよりも真面目な顔をしていたので「ないから」ときっぱりと言い切っておく。

そもそも明確に好きで将来を約束したにも等しい彼女が居るのに、他の女性になびく訳がない。目もくれない自信がある。向こうも周がそんな風に勘違いする事は望まないだろう。

全く……とため息をついた周に樹は肩を竦めて、それから腕に付けていた時計をちらりと見る。

「ん、まあそろそろかな」

「何がだよ」

「お前をお借りしてる時間的な問題?」

「あのなあ……」

　確かに周は真昼のものではあるが、真昼はそういった形で専有するタイプではないし同性の友達相手に悋気も起こさないだろう、と思ったのだが、門脇も「ああ、そうだね」と同調するのだから困惑してしまう。

「まだ十七時手前とはいえ日が暮れるのも早くなってるし、寒さも増してるからそろそろ解散する？　どちらにせよ、帰っていろいろとする事あるだろうし」

「それはまあ……」

「じゃあ解散にしようぜ。寒いし」

　あっさりと解散する事に決めた樹が早く立ち去りたげに公園の出入り口に体を向けるが、思い直したように周の方に振り返る。

「なあ周」

「何だよ」

「また明日いろいろと言いたい事とか聞きたい事あるから覚悟しておけよ」

　急に意味の分からない事をにんまりと笑いながら言って去っていく樹に呆気に取られていると、優太も苦笑しながら「俺からも。また明日、ね」と告げて立ち去っていく。

　微妙に置き去りにされた感を覚えて複雑な気持ちになりながら、周は何なんだと首を傾げて帰路に就いた。

家に帰ると、いつものように真昼が出迎えてくれた。

いつもと違うのは、出迎えた真昼が笑顔を浮かべていた事だ。瞳にはきらきらとした明るい輝きが宿り、浮かんだ笑みは柔らかく穏やかなもの。ほんのりと紅潮した頰は、真昼の上機嫌さを露にしていた。

「お帰りなさい周くん」

「ただいま。やけに機嫌がいいな」

真昼の機嫌がいい事は喜ばしいのだが、その機嫌のよさの理由について周は全く心当たりがない。普段は帰ってきただけでにこにこしながら出迎えてくれる真昼だが、今日ほどご機嫌そうだった事はない。

理由が分からないので困惑するしかないのだが、真昼は周の困惑に気付いているのかいないのか、微笑みを強める。

「……その様子ですと、本当に周くん今日一日気付かなかったみたいですね」

「何が?」

「何の日か全く覚えていないというのもそれはそれでどうかと思うのですが……今日は、周くんの誕生日ですよ?」

ちょっぴり呆れたような声に、周は思わず「あっ」と声を漏らしてしまった。

「もう、周くんったら。……誕生日おめでとうございます、周くん」

「……すっかり忘れてた、自分の事だから割とどうでもよくて」

真昼に言われてから本人が気付くというのも変な話なのだが、あまりに頭からすっぽ抜けていたため、全く意識になかった。

去年は真昼も誕生日を知らなかったし、ここ数週間不慣れなバイトに慣れるために頭を使ったり日課の筋トレやジョギング、予習復習に意識が割かれる事が多く、完璧に忘れていたようだ。

そもそも、周にとって誕生日というものは節目ではあるがあまり意識するものではないし、自分の分はわざわざ祝わなくてもいい、くらいのスタンスだった。そのせいもあるだろう。

実家に居る時は両親がしっかり祝ってくれたが、一人暮らしを始めてから意識する事もなく、こうして今に至った、という訳だ。

「どうでもよくありませんよ？　私にとって、周くんが生まれたこの日には感謝しています。周くんが居なければ、私は本当の意味で人を信じて愛するという事が出来ませんでしたから」

周が完全に忘れていた事については苦笑しつつ、真昼はそっと周の手を取る。

「私は、周くんのお陰で愛は確かにあるものだと知る事が出来ました。幸せだって、心の底から思えるようになりました。周くんが生まれてきてくれて、私はすごく感謝しています」

出会った頃とは違い、どこまでも温かく柔らかな光を灯した目が周を見つめる。

絡められた手は、温かい。今真昼が周に抱いている熱をそのまま手に宿らせたように、穏やかでいながら心地よい温(ぬく)もりを伝えてきていた。

「生まれてきてくれて、私と出会ってくれて、ありがとうございます」

本当に嬉(うれ)しい、という感情をありありと表した声と微笑みに、頬が熱を帯びていくのが分かった。

心からの感謝と祝福はこんなにも体を熱くするのだと、思い知る。それが嫌なものではなく、熱に浮かされるのとはまた違った心地よくふわふわとしたものだというのは、真昼と出会って初めて知った。

こんなにも想(おも)われて、周は幸せ者だろう。

「……こちらこそ、そんなにも想ってくれて、祝ってくれて、ありがとう」

この熱と感動をどう伝えればいいのか分からず、少したどたどしくなりながらも感謝を口にすると、真昼ははにかむ。

「今日は細(ささ)やかながらご馳走を用意していますので、楽しんでくださいね。それから、ご飯前に……二つほど、謝らなければならない事があります」

「うん？」

謝らなければならない事？　と首を傾げた周に、真昼はやや気まずそうに目を伏せた。

「その、周くんは私がこそこそとしていたのには気付いていたと思います。不安にさせてごめんなさい」

今まで不審に思ってきた真昼の態度は、今日という日のためのものなのだろう。

「ああ、それは……まあ今のを見れば分かったから。真昼が俺にひどい事するとは思ってなかったから、俺が何かしたかなーっていう心配はあったけど」

「周くんが私に何かするとは思いませんけど。これは私があまり隠し事が得意でなかったせいで逆に不安にさせただけで……周くんに隠し事をしてしまってすみません」

恐らく周を驚かせたくて内緒で誕生日に向けて用意していたからこそ、ああいった態度になっていたのだろう。真昼は周にあまり隠し事が出来るタイプではないし、罪悪感があったらしい。

可愛らしい隠し事だったし、周のためにやっていた事なので、とても責める気にはならなかった。

「別に気にしてないから。……もう一つは？」

「その……わ、私が裏で誕生日の用意をしていたら、皆さんが気を使ってサプライズのために当日には何も言わないようにしてしまったみたいで。本当なら今日学校で皆さんお祝いをする筈だったのです。私のために、本来周くんが今日受けるべき祝福を邪魔してしまって……」

「ああそういう事か……」

一応、樹や千歳達も誕生日は知っているし、彼らは結構マメな人間なので友人の誕生日は祝うタイプだ。だからこそ何も言われなかった事が周の誕生日の自覚をなくす要因でもあったのだが。

真昼に協力していたからこそ、今日何も言わなかったし、恐らく今日の放課後の遊びは足留めのために誘ったのだろう。

あいつらめ、と小さく呟くものの、その響きが柔らかい事は自分が誰よりも知っている。

申し訳なさそうにする真昼にどうしたものかと悩みながら、そっと俯きがちな真昼の頭をぽんと軽く叩く。

「んー、正直言うと、俺自身は日にちとか場所とか俺本人に言うかとか、関係ないと思ってる。まあ日にちについては当の本人が忙しさに忘れきってたし、今日祝われないといけないって事はないだろ？　あいつらなりに俺の事を考えてくれたみたいだしさ」

「でも」

「多分だけど、あいつらは一番俺が幸せなのは真昼が考えたお祝いを受ける事だって思ってると思うんだ、だからこうして結託して隠していた訳だし」

今回の真昼への協力は、彼らなりに周を祝おうとした結果なのだ。

別に当日に祝いの言葉をもらえなくても、周は気にしない。彼らが周を祝ってくれているのは、実感している。

「俺はそれだけ友達思いのやつらに恵まれてるって分かるから、それだけで十分に祝われていると思うんだよ。祝い方が直接じゃないと駄目って訳じゃないし、声をかけられたかどうかで友情を測ったりはしないよ」

人によって祝い方なんて様々だし、これが彼らの思う祝い方なら周としてはそれでよかった。言葉や物だけで判断するような人間になった覚えはないし、そんな薄っぺらな関係を築いた訳ではない。彼らの気持ちだけで十分だった。

それでもまだほんのりとしょげた様子の真昼に、周は苦笑しながら優しく優しく真昼の頭を撫でてそっと顔を覗き込む。

「それにまあ、明日もみくちゃにされそうだし……今日は、真昼が俺を独り占めしてくれ。明日色々聞かれそうだから、のろけられるくらいには、な？」

「……はい」

最後は茶化すように笑って告げると、真昼も思わずといった様子で笑って、周の胸に顔をうずめた。

「……豪華だなあ」

食卓に並んだ品々を見て、思わず本音がこぼれる。

誕生日のご馳走として机の上にある料理の数々は、分かりやすく言えば周の好物を集めたものだ。

普段なら栄養バランスを考えての献立になるのだが、今日は違う。卵大好きと公言する周の好みに合わせたらしく、卵の料理が並んでいる。

いくら好きで滋養もあるとはいえ同じものを食べすぎるのもよくないからと一日の個数をなるべく制限されているのだが、今日ばかりは制限が解除されているらしい。

食卓でも目立つのは、作った翌日にしか出来ない上に真昼の手間も時間もかかるからと中々に作らない、ビーフシチューをかけた堅焼きタイプのオムライス。

他にも茶碗蒸しやゆで卵のたっぷり入ったポテトサラダ、卵の巾着煮といった、量自体は一般的な男子高校生の食事量ではあるが、とにかくジャンルがバラバラであり品目が多く周の好物がたくさんだ。野菜がほとんどないのは、野菜が嫌いというより周が卵を好きすぎるせいだろう。

「周くんが好きな料理を集めた、料理ジャンルも栄養バランスも全く考慮してないおかず達ですけどね。一日くらい片寄っててもセーフです」

翌日に野菜多めにすればいいですし、と上品な笑い声で告げる真昼は、周が喜んでいる事を感じているのか喜びに頬がうっすらと染まっている。

「ちなみに出汁巻き卵は明日の朝に作ってあげますね。流石に今回は量が多かったですし、美味しく食べるには朝の方がいいかと思って。周くんの好きな鮭の西京焼きも仕込んでおきますから。お味噌汁はお豆腐と大根でいいですか？」

「朝からご馳走だ……いや目の前のも滅茶苦茶ご馳走なんだけども」

「ふふ。とりあえず冷めないうちに召し上がってください。今日のビーフシチューは中々にお肉が柔らかく仕上がりましたよ」

「やった。ビーフシチューぶっかけたオムライスは正義だ」

個人的には手間の問題で滅多に出ない好物なので、快哉を叫びたいところではあるが、ぐっと堪えて手を合わせる。

いただきます、という食への感謝は忘れずに告げた後すぐにビーフシチューオムライスを口に運べば、自然と笑みがこぼれた。

牛肉もスプーンで切れるほどにほろりと柔らかいのだが、口に運んでもぱさつきのない食感で非常に美味しい。いい肉を使ったんだろうな、というのは噛み締めた時にすぐに分かった。

しっかりと旨味のきいた味がオムライスと組み合わさると最高だ、としみじみ頷きながら下品にならないペースで他のおかずにも手を伸ばしていると、真昼が上品に食べながらもにこにこと周を見守っていた。

「……どうかした？」

「いえ、周くんはいつも美味しそうに食べてくれて、作り手冥利に尽きるなあと」

「そりゃ美味しいからなあ。最高と言っても過言ではないんだが」

「周くんの中で最高の評価をもらえたなら私も満足です。精進は怠りませんけど」

どこまでもストイックな真昼に苦笑しつつ、うまうまと食事を口に運んでいると、あっという間に皿は空になっていた。

結構な種類があったが、量は加減されていたので働きだして更に腹が減りやすくなった周にはあっさりと平らげる事が出来た。

綺麗に食べきった周に真昼は満足げな微笑みを浮かべて、それからゆっくりと席を立って食器を流しに置いていく。

手伝おうと思って腰を浮かせた瞬間「主役はゆっくりするものですよ」と優しいのに有無を言わさぬ口調で言われ、周はすごすごと席につく。

テーブルの上に並んでいた食器が消えたところで、真昼は改めて周の方を向き直って微笑みを浮かべた。

「食後のデザートもありますよ。お気に召すといいのですが」

「……もしかしてこっそりと練習していたやつ？」

もうここまでくれば真昼が何を隠していたのかも分かる。

たまに帰宅した後に甘い香りを漂わせていたのは、周のためにケーキを作っていたのだろう。

「ええ。やっぱり自分で納得のいくものでないとお出しするのも躊躇われたので……結構改良を重ねて周くんが好きそうな味に仕上げました」

太る事を心配していた、というのにも合点がいく。

恐らく試作しては消費していたのだろう。ものにもよるがお菓子はやはりカロリーが高いので、それを消費していたら気になってくる。そして真昼は食べ物を無駄にする事を嫌うので、きっちりと食べきったらしい。

「真昼が作るなら何でも良かったのに……っていうのは失礼かな。そんなに凝ってくれたなら嬉しいけど、無理はするなよ？」

「してませんよ。……その後の運動はちょっと頑張りましたけど」

「その努力のお陰で体型は変わってなかったんだろうなあ。自己管理は流石というか」

「精々誤差範囲ですし腹囲は変わってなかったのでセーフです。では、お持ちしますね」

そう言って冷蔵庫から手作りのチョコケーキらしきものが載ったお皿を持ってきた真昼。ことりと小さな音を立てて食卓に置かれる。

既に食べやすいように切り分けられていて、真昼が取り皿に静かに取り分けてくれた。

目の前に置かれたものをじっと眺めた感じ、ガトーショコラ、といったところだろう。生チョコレートの方が近いかもしれない。見た目からして生地がきめ細かくずっしりとした印象を受ける。

後から真昼の手によって生クリームとミントがちょこんと添えられるが、やはり印象的には実にシンプルな見かけであった。

「ガトーショコラにしました。周くんは甘いものはそこまで好きではないですし、飲み物と合わせて食べやすいものの方が好みかと思いまして。ちなみに飲み物には牛乳をチョイスしましたけど、味の濃さを考えてですので出来ればこちらと合わせてくださると嬉しいです」

「作り手がオススメする食べ方が一番いいと思うのでありがたくいただきます」

真昼が拘って作ったのだから間違いはないだろう、と自信を持って言えるので、周は何の心配もせずに真昼が見守る中フォークでガトーショコラを押し切る。

見た目通り、非常に生地が細かく詰まっているので、押す感触は硬い。

それでも簡単に切る事が出来たので、周は一口分に切り分けてそっと口に運ぶと……まず最初に、濃厚なチョコの風味が広がった。

ガトーショコラ、というより生チョコレートに近いものを感じる。表現としては、ねっとり、というのが近いだろう。

それでいて生チョコレートとはまた違う、口の中でほどけて溶けるような滑らかな生地の感覚がある。絶妙な塩梅で生地の硬さを仕上げていた。

甘さは控えめではあるが、確かに甘さとチョコレートの深みを感じられる。チョコレートのよさを最大限に生かすように調整されているように思えた。

「……うっま」

何の修飾もなしに、ただただ本気の言葉をこぼすと、真昼は安堵の吐息をこぼして微笑んだ。

「お口に合ったならよかった。ちょうどいい味と舌触りを狙ったのです」

「めっちゃうまい。すげえ、こんなになるのか」

「ふふ、その反応をしていただけたなら本当に作り手冥利に尽きますねえ。頑張った甲斐がありましたよ」

鈴を鳴らしたような笑い声ではにかむ真昼は、ガトーショコラに舌鼓を打つ周の顔をどこか悪戯っぽい笑みに変えて覗き込む。

「ちなみに、隠し味、わかりますか？」

問われて、瞳を閉じて舌の味蕾に神経を集中させる。

確かな甘みと深みの中に、チョコレートとはまた別の芳しい香りと苦味が奥深くに残っている。

それは周が最近仕事でよく嗅ぐようになったものの香りだ。

「ん……コーヒー、だけど……んん？　これ……うちの店の？」

繊細な味や香りの立ち方が、今の職場で出しているコーヒーに似ていた。

半分当てずっぽうだったのだが、真昼は「大正解」とにこにこしながら手を合わせて叩いている。

「よく分かりましたね」

「いやまあ適当だったんだけど、木戸込みでこそこそしてるからもしかしてもあるかな、と」

「よく見てましたね。……あ、まだ様子見とかは行ってませんからね？　お察しの通り木戸さんにご協力いただきまして、周くんの働いている喫茶店のコーヒー豆を買わせていただきました。オーナーの方にチョコレートのコクと深みを出すためにブレンドまでしていただいて本当に頭が上がりませんよ」

「糸巻(いとまき)さんまで共犯だったのかよ……最近会う度ににこにこしてると思ったら……」

まさかのオーナーである文華まで巻き込んでいたとは思っておらず、次のバイトのシフトが大変な事になりそうだ、と内心で冷や汗を流す。

ただ、あの喫茶店のコーヒーは確かに美味い。

挽きたてはやっぱり格別に美味いと聞いて、周もコーヒーミルを買ったら自宅で挽いて飲んでみようかと思っていたのだが、こういった形で口に運ぶ事になるとは思っていなかった。

「ふふ、私はあくまで木戸さんに頼っただけなのですけど、いつの間にかお話が広がってしまって……快くご協力いただきました。周くんの耳に入らなかったならよかった」

「本当に真昼は……」

周のためなら努力を惜しむ様子がない真昼に、面映(おもは)ゆさを感じてしまう。

ただ照れた事を悟られたくなくて誤魔化(ごまか)すようにガトーショコラを切り分けていると、真昼はそっとその手を止めて、滑るように周からフォークを奪い取った。

顔を上げれば、艶(つや)っぽい笑みの真昼と、視線が合う。

「折角ですので、食べさせてあげますよ？　誕生日ですので、手ずから食べさせてあげるべきかと思って」

「え、い、いやそれは」

「遠慮なさらず」

周の躊躇いなど知った事か、吹き飛ばしてやると言わんばかりの笑みでそっと口元にガトーショコラを当ててくる真昼に、周は呻きながらも素直にガトーショコラを食べる。

嫌になる事なんてないと分かっているからこその真昼の立ち回りで、周は羞恥に胸をちくちくとつつかれながら、それでもやっぱり湧き上がる幸福感に身を浸した。

取り分けられた分を真昼に手ずから食べさせられて死ぬほど恥ずかしい思いをした周に、真昼はやはり満足げな笑みを浮かべて嬉しそうに周が照れる様を眺めていた。

「美味しかったですか？」

「……美味しかったけど、食べさせる必要は？」

「ありました、周くんは主役ですので」

「他に人が居たら確実に晒しものなんだよなあ……二人きりだからいいけどさ」

ここに樹達が居たらまず間違いなくにやにや笑われるしからかわれるだろう。それか生暖かい眼差しと笑みを向けてくるか。

今日は真昼が周本人よりも楽しみにしていて上機嫌なのでそんな外野も気にしないだろうが、される側の周は羞恥で悶える羽目になりそうだ。

次の真昼の誕生日を祝う時には絶対にやり返してやろう、と心に決めながら真昼のせいで二重の意味で甘くなった口内を牛乳でリセットする周に、真昼は微笑みながら側に置いていた自分のバッグから何かを取り出す。

掌より少し大きめサイズの白い箱に、紺のリボンがあしらわれている。

流石に今のタイミングで出されたそれが何か分からないほど鈍くもないのだが、思わず真昼を見てしまうと、真昼ははにかむように頬を淡く染めつつ緩めた。

「誕生日プレゼントです。お気に召すかどうか分かりませんが」

少し自信がなさそうに告げてそっと周の掌に載せた真昼は、ソワソワとした様子で周を窺（うかが）ってくる。

どうやらこの場で開けてもよいらしい。反応が見たいのだろう。

折角いただいたのだから目の前で開けるべきか、とリボンを丁寧に解いて箱の蓋を開けると、中にはベルベット地のボックスが更に入っていた。

てっきり中にプレゼントが直接入っているのかと思ったら焦らされたので一瞬拍子抜けしてしまったのだが、こんなにも厳重な扱いをしているというのは真昼のこちらを驚かせたいという気持ちが混ざっているのだろう。

一体ここまで包んだものはなんなんだ、と思いながらそっと中のボックスを開けると――落ち着いた白い輝きを持ったクリップのようなものが入っていた。

何か花のような模様の透かし彫りが入ったそれは、一瞬何か分からなかったが、周が学校の式典の時に着けているものだとすぐに思い当たった。

「……ネクタイピン？」

「大正解です。……正直、男性に何をあげたらいいか悩んだのです。よくある腕時計はあまり高めのものだと気後れするでしょうし、やはり好みが分かれてくるのではないか、と思いまして。そもそも周くんは腕時計ありますし気に入っているみたいですので」

基本的に手元にスマホがあるのであまり腕時計自体身に付けないが、唯一外出の際に身に付けるのは両親から高校入学祝いにもらった腕時計くらいだろう。

ちょっと奮発したらしく、流石にそれを学校で着けるのは躊躇われたし、周自体そこまで長時間の外出もしないので着ける頻度は少ない。

だが、それでも真昼と出かける際に着けていたので、真昼も覚えていたようだ。

「それなら身に着ける機会が適度にあって周くんが普段買わないもの、という事になりまして。うちの学校は、式典以外は華美なものでなければネクタイピンの装着は自由でしょう？　社会人になっても使えるものにしようと思って」

式典の際には着けるなら校章入りのネクタイピンのみになっているが、それ以外は特に制限されていない。そして大抵の男子が面倒だからとネクタイピンそのものを着けていない。

周も普段は着けない、というかピンの存在を忘れかけている人間なのだが、こうして真昼に贈られたら毎日着けてしまいそうだ。

恐らく、着けてほしいからこそこういった日常使いするものを贈り物に選んだのだろう。

「社会人になっていたら何本も必要になるネクタイという手もあったのですけど……学生だとネクタイは決まってますし。校則は校則ですからね。スーツを着る機会が出来たらまた選びますね」

「……うん、ありがとう。これは大事に手入れしながら使っていく」

これからもずっと側に居るつもりだ、というのが語らずとも伝わってくるので、自然と胸が歓喜を含んだ熱で満ちていく。

勿論、周は最初からそのつもりでいるのだが、真昼からもその気持ちがありありと感じられて、気恥ずかしいし、それ以上に嬉しかった。

このネクタイピンも、真昼も、これから先ずっと大切にしていこう、とこの胸の熱と一緒に忘れないように刻み込んで真昼に微笑みを向けた周に、真昼は安心したような力の抜けた笑みを浮かべた。

「よかった。ちょっと喜んでもらえるか不安でした。正直男子高校生へのチョイスではない自覚はありましたので」

「真昼の贈り物なら何でも喜ぶ自信があるが」

「ふふ、それは分かってますけど、どうせなら周くんが必要としてくれるものを贈りたかったので。周くんがあんまり物欲ないし物持ちもいいから贈り物に悩んだのですよ」

基本的にこれといって物を欲しがらない周に苦心したらしいので、周としては苦笑するしかない。

「俺からすれば、真昼がくれるものは全般的に喜ぶんだけどなぁ」

「……お菓子の包み紙あげても喜んでもらえそうなのが怖いですね」

「何か意図があるんだろうなぁ、なんか面白い柄とか可愛い柄なんだろうなぁ、と思って保管するけど」

「しませんけどね⁉　そんな事するなら普通にそのお菓子あげますから！」

「まあそれは冗談って分かってたから。……真昼が気持ちを込めてくれるものなら何でも嬉しいよ」

「……もう」

不満げな口調だったが、顔はどう見ても緩んでいたので、照れ隠しなのだろう。

そんな真昼を幸せな気持ちで見てからネクタイピンをそっとしまって明日から着けよう、と決めた周に、真昼はおずおずといった様子で周の服の裾を摑んだ。

「あともう一つ、細やかなプレゼント、というか」

どこか躊躇いがちな口調に、周はどうかしたのかと首を傾げて。

「今日は私、これから日付変更まで周くんのお願い事は何でも聞きます」

真昼の言葉を聞いた瞬間危うくむせそうになった。

今牛乳を飲んでいなくて助かった。口に含んでいたら思い切り口から飛び出ていた事だろう。

軽く咳（せき）をしてから真昼を見れば、意を決した様子の真昼が見つめ返してきた。どうやら本気で言っているらしい。

「……そういう危ない事を……」

「恋人に、なんですから」

「それでも、です」

前にも言ったような気がしなくもないのだが、とりあえず女性が男性の言う事を何でも聞くというのは非常に危ない事である。

いくら恋人だろうと、危ないものは危ないのだ。

「……周くんって控えめというか無欲というか」

「そうじゃなくてさあ……駄目だろ。女の子なんだから」

「周くんがひどい事をするとはちっとも思ってませんよ」

「……ひどい事をしたら？」

「前にも言った通り、責任は取ってもらいますので」

純真無垢（むく）で信頼に満ちた眼差しで真っ直（ます）ぐに見つめてくる真昼に、周は負けたと無意識に感じながら軽く頬をかいて、それからそっと真昼の体に手を伸ばした。

「何もしなくても責任は取るけどさあ……ばか」

本当に、真昼は周に甘いし、周になら何をされてもいいと思っているのが、少し怖い。いくら約束したとはいえ健全な青少年で、理性が仕事しない時もあるかもしれないのに。

(それだけ好かれているって証左ではあるんだろうけど)

いくら何でも信用しすぎな気がする、と思いながら柔らかな肢体をそっと抱き寄せて、肩口に顔を埋める。

すんと息を吸えば、先にお風呂には入っているらしくいつもよりやや強めにボディーソープの香りがした。

(多分、ここで俺がもし真昼が欲しいって言ったら頷くんだろうなあ)

自分で誓った事を破るつもりなど毛頭ないが、恥ずかしがりながらも頷く光景が簡単に想像出来たので、やはり甘々な彼女は恐ろしい。いつ自制心をなくすか分からない。

男の理性なんてちり紙よりも薄っぺらで、煽られれば吹き飛んでしまう。

気を付けなければ、と改めて気を引き締めて、唇をゆっくりと頬の方に滑らせてそっと息をこぼす。

途端に真昼はびくっと体を揺らすものだから、非常にくすぐったさに弱く敏感なのだと、誰が見ても分かるだろう。

といってもこの姿を誰にも見せるつもりなどないし、彼女がどこもかしこも感覚が鋭敏な事は、周だけが知っていればいい。周だけが、彼女の弱い所を知っていたらいい。

腕の中でもぞもぞと動きつつ抵抗はしない真昼に小さく笑って、周はそっと耳元に唇を寄せた。

「……そうだな、久し振りに、抱き枕（まくら）になってもらおうかな」

真昼は周にお願いをしてほしいそうなので、周の理性が千切れない範囲で出来うる限り甘えられそうなお願いを口にすると、腕の中の真昼がぽっと顔を赤くした。

別に文字通り抱き枕になってもらうだけで、他に何をするという訳でもなかったのだが、彼女は変な妄想をしている気がする。

この前のお泊りのような事は、流石に周も今のところするつもりはない。あれはギリギリで止められたからよかったのであって、次はどうなるか分からないのだ。

「……別に文字通り抱き枕になってもらうだけなんだけど、何想像したんだ」

「しっ、してません！　そんな不埒な事なんて」

「俺別にどういう想像か言ってないんだけど？」

具体的な事までは言ってない、と指摘すれば、先程よりも頬が赤色を強くしていく。

湯気でも出るんじゃないか、というくらいに顔を赤くした真昼は、半分涙目になって周を上目遣い（うわめづか）で微妙に睨（にら）んで、身をよじって周の手から逃れた。

「ば、ばか、あまねくんのばか」

「俺何もしてないだろ」

「う……でも、……いじわるです」

「意地悪なのは認める。ごめん、真昼が可愛くてつい」

触れられても構わない、と思っている真昼があまりにもいじらしくて、ついからかうような事を言ってしまったが、つつきすぎると拗ねる事は間違いない。

なので先んじて素直に謝ると、真昼はそれ以上不満は言えなくなったらしく、不満の発散はぽこんぽこんと軽く周の胸を叩く行為に変わった。

すっかり色付いた頰を隠そうともせず周に可愛らしい八つ当たりをしかける真昼に周も小さく笑って頭を撫でるのだが、流石に機嫌は直りきらないのか頰に小さな風船が詰め込まれかけている。

「……き、着替え持ってきますから、周くんはその間にお風呂入っていてくださいね」

周の生暖かい笑みが変わらないのを見て、真昼はとうとう逃げるようにして家を出ていった。

といっても、すぐに帰ってくるであろうが。

脱兎の如く逃げ出した真昼に一瞬呆気にとられたものの、あとからこみ上げてくる愛でたいという感覚に、つい声に出して笑うのであった。

周が入浴を終えてリビングに戻ると、居なくなっていた真昼が帰ってきていた。

既に寝間着に着替えていて、本日は前に買った淡いピンクのうさぎのきぐるみ型パジャマを着ている。周にもお揃いとは言わないが猫のきぐるみパジャマがあるものの、真昼が今日着てくるとは思っていなかったため、周は普通の寝間着を身に着けていた。

普段は背中に流している髪は両耳の下辺りで緩く結ばれていて、フードを被っている姿はオフの姿といった感じで非常に愛らしく感じる。

以前のお泊りの際には上着があったとはいえ露出がやや多めなネグリジェという周の理性をわざと揺さぶるような服装だったので、今回は安心出来そうだ。

「……似合うなあ。真昼っぽい」

「それはどういう意味でですか」

「こう、小さくてふわふわしていて可愛いところとか、寂しがりなところがよく似て……」

実際のうさぎの生態からすれば違うのだが、イメージ的にはちんまりとしていて柔らかくてふわふわ、愛らしくて寂しがりや、といったものがあるので、実は結構な寂しがりやな真昼にはピッタリと言えよう。

一応褒めているつもりなのだが、真昼には不服だったらしい。

むぅ、という顔で周を見上げてから、湿った髪を見て更に眉を寄せる。

「周くんが私の事をどう考えているのかは分かりましたけど、それより……やっぱり周くんって私が居る時わざと髪を乾かさないようにしてません？」

何で髪をドライヤーで乾かさないのですか、と周の髪を摘みながら咎めてくる真昼に、やっぱり気付くよなあ、とほんのり苦笑いを浮かべてしまう。

真昼が居ない時は、きっちりと髪を乾かすようにしている。真昼が居て、手が空いていそうな時だけ、たまに髪をタオルで拭く程度に留めて真昼に乾かしてもらっていた。

迷惑になるのは分かっているので、本当にたまにする、程度の細やかな甘え方だ。真昼に触ってもらうのが、構ってもらえるのが、嬉しくてつい、してしまう。

我ながら子供っぽいな、とは思うのだが、やめられないでいた。

「気のせい……って言いたいところだが、わざとやりました。真昼にしてほしかった」

「もう……いいんですけどね、楽しいですし。周くんなりに甘えたいのでしょうから」

そこまで見透かされているのは複雑であるのだが、真昼がくすぐったそうに笑う姿にまあいいかと気が抜けてしまう。

いらっしゃい、と促されるままにソファに座ると、真昼は仕方ないなあといった眼差しで、しかし喜びは隠しきれていないので口元を緩めながら、ドライヤーの電源を入れた。

家に置いているのは静音仕様のドライヤーなので、控えめな駆動音が響き、真昼の手より温かい風が吹き付けてくる。

一応水分自体は粗方タオルで取っているので、後は仕上げに水分を飛ばすくらいなものなのだが、真昼は丁寧に温風を当てながら「ちゃんと手入れは怠ってないですね、よろしい」と髪の触り心地を確かめながら呟いていた。

　真昼が真昼本人のためとはいえ周が肌を触る時に滑らかな方がいいだろう、としっかり手入れをするのと同じように、周も真昼が触る時に触り心地がいい方が喜ぶだろう、と思って手入れはそれなりにしている。

　お陰でさらさらつやつやを維持出来ているので、髪を乾かす時に引っかかりにくくなり苦労しなくなっていた。

「……周くん、やっぱり髪質は元からいいんですよねえ」

「両親譲りだな。柔らかいタイプだから絡まりやすくもあるんだけど」

「その分さらつやになりやすいのでいいじゃないですか。ヘアケア用品プレゼントとかでもよかったかもしれませんねえ」

　更にうるうるのつやつやに、と言いながら乾かし終えた真昼は、どこからともなく櫛を取り出して空気を含んでふわふわした髪をさっと整える。

　そうすれば真昼が好むいつもの髪型が出来上がった。

「もっとつやつやになった方が嬉しいなら自前でもっといいやつ揃えるけど」

「う、嬉しいというか……触り心地がよくて、髪を梳かす時に楽しいなって」

「じゃあ門脇あたりにオススメの聞いとくか。真昼が喜んでくれるなら俺も嬉しいし」

　それに、もっと普段から触れてくれるようになるだろう。そちらの方が実はメインなのは、言わないでおく。

自分磨きで真昼が喜ぶなら磨く甲斐があるし、自信にも繋がるからいい事だろう……と思っていたら、真昼が櫛をテーブルに置いて二の腕にぐりぐりと額を押し付けてくる。

慣れてきた照れ隠しにひっそりと笑いながら、頭が揺れる度にぴこぴこと動くフードの耳を見て更に頬を緩めた。

「そこのうさぎさんは耳が四つともピンク色だな」

「うるさいです。……周くんも折角ならきぐるみがよかったです。私だけうさぎですし」

「猫がうさぎに毛づくろいされる事になるな」

「可愛いじゃないですか」

「……可愛いのは真昼だけでいいんだけど」

捕食者と被食者の関係になりかねない猫とうさぎが仲睦まじくする事自体は微笑ましいと思うが、周が猫になっても可愛げがない気がしてならない。

最近は昔に比べて体つきもしっかりしてきたし、少しずつ顔から幼さも抜けてきている。可愛げはだいぶ前に置いてきているのに可愛いと言う真昼の感覚には異議を唱えるが、個人の感性なので仕方なくもある。

少し頬の赤らみも収まってきたのか、周を見上げて何故か周に可愛さを見出してくる真昼に、わざと前触れもなく唇を奪った。

ぱちり、と瞬きを繰り返した後頬をまた紅潮させる真昼だが、抵抗は一切ない。むしろ喜んでいるのか、周が抱き寄せると好きにしてと言わんばかりに体から力を抜いている。

艶めく唇をやわやわと食みながら、閉じた桜貝を丁寧にゆっくりゆっくりと開かせれば、真昼は抗議するでもなく素直に受け入れてくれた。

最近では少しずつではあるが、自ら周を受け入れて同じように返してくれるようになって、実に可愛らしい。

微かにこぼれたか細い声を独り占めしながら、可愛い小うさぎが震えながらも狼を受け入れてくれる事に胸を躍らせる。

周もこういった口付けは慣れている訳ではないし正直熱が溢れて暴走しそうになっているが、がっつくと真昼が怯えてしまう事はお泊りの際に経験済みなので、出来うる限り優しく深く口付けた。

「……猫じゃなくて、狼のきぐるみ買ってくればよかったです」

どちらともなく静かに唇を離してからしばらくして、荒れた呼吸を整えながらほんのりと恨めしげに呟いた真昼に、周は内心で口付けによる羞恥が暴れるのを抑え込みながら、口元に弧を描かせる。

「そうしたら可愛いのは小うさぎの真昼だけだったのにな」

「いじわる」

真昼はむぅ、と先程よりも潤いの強くなった唇を尖らせて、今度は周の腕に拗ねた事を主張するように頭突きをしてくる。

「……こういうところは可愛げなくなってませんか」

「元からない」

「嘘です、だってあんなにも初心っぽさが」

「うるさい」

初めて付き合ったのだから初心でも仕方ないだろう。

今は恋人らしい行為をするに伴う羞恥や緊張を何とか表面上誤魔化せるようにはなったが、最初は不慣れであって当然だ。

そういった初々しさが可愛さなら、その可愛さは真昼にだけあればいい。余裕のない姿なんて、好きな人には見せたくないのだ。

「……また今度度肝を抜くような事をしなくては。周くんにしてやられてばかりですので」

小さく余計な事を呟いている真昼には、それ以上企みを口にさせまいと唇をもう一度塞いで、周は甘い唇をしっかりと堪能した。

しばらくキスした後、周は真昼を伴って寝室に移動した。

何度か入っているしお泊りも経験した事があるとはいえ、真昼は微妙に緊張しているのか繋いだ手にはほんのりと力がこもっていた。

そんな真昼に小さく笑いながらそっと掌を指先でくすぐるようになぞって強張りをとかせつつ、そっと真昼をベッドに誘う。

ベッドの上で恥じらいを見せながら僅かに震える真昼は、狼に食べられる寸前の小うさぎのように見えた。

その可愛らしさといじらしさに、周は一瞬飛び出そうになった獲物を仕留められるであろう牙を引っ込めて、隣に腰を下ろして安心させるように頭を撫でた。

何もしないと先に言ったのに緊張しているのは、やはり寝室だからだろう。

「食べたりしないから。今日は、言った通り抱き枕になってもらうだけだし」

「そ、そう、ですか」

「……期待したとか？」

「し、してません！　ただ、その、どんどん周くんが……」

「俺が？」

「……余裕が出てきて、男の人らしさが強くなってきて、恥ずかしいというか。ず、ずるいです」

もぞもぞといたたまれなさそうに体を縮めて周を見上げる真昼に、自分はどうやら上手く取り繕えているんだな、と少し笑ってしまう。

確かに表面上は余裕があるように見えるかもしれないが、実際のところ余裕はない。むしろ、一度ある程度真昼を知ってしまったからこそ余裕がない。

ただがっついたり焦ったりして真昼を怖がらせる訳にもいかないし、あまりにも余裕がないのは男的にダサいのではないかと思って平静を保とうとしているだけだ。

「別に余裕なんてないって前にも言ったと思うけど。真昼に格好良く思われたいから、顔に出してないってだけ」

「顔に出してって言ったら出してくれるのですか？」

「やだ」

「ずるい」

「情けないだろ、顔真っ赤でうろたえてるのは」

付き合ってから約五ヶ月ほど経つのだ、キスしたり多少触れ合ったりする程度でいちいち顔を赤くしていては情けない。

頼り甲斐がある方が女性的にはいいだろうし、こういった場所で落ち着きを持っていた方が真昼も落ち着くだろうと思っていたのだが、真昼はおずおずといった動作で周の服の裾を摘む。

「……ありのままの周くんを見たいのは、わがままですか？」

小さく、不安げに問われて、周は掌で一度顔を隠してひっそりとため息をつく。

周のかっこつけなど余計な気遣いだったらしい。

「……好きだから、こうしてかっこよく見てもらいたがってた、って事は理解してくれよ」

側の真昼を抱き寄せて肩口に額を当てる周に、真昼はしばらく硬直していたものの、小さく笑う声が耳に届いた。

「いつだって可愛くて格好いいですよ」

「可愛いは余計だ」

「ふふ。……どっちの面も見せてもらえる私は役得ですね」

嬉しそうな声にもう何も言えず、周は照れた姿を誤魔化すようにそのままベッドに真昼ごと転がった。

出来るだけ衝撃を抑えるようにしたから真昼の結われた髪がふわりと揺れるくらいで済んだが、真昼の心の衝撃は大きかったのかぱちくりと瞬きを繰り返している。

こちらをじっと見る真昼にやはり照れが勝るのだが、そのまま周は真昼を抱き締めて大きな起伏に顔をうずめた。

こんもりとした膨らみは、きぐるみに包まれているせいか非常に温かくもこもことした肌触りで、柔らかい。真昼の家の甘さと爽(さわ)やかさを共存させた、えもいわれぬよい匂(にお)いもする。

真昼が期待と心配半々で想像していたらしい雰囲気なら興奮したのかもしれないが、今はリラックスモードであり特に周も手出ししようなんて考えてもいないので、心地よさと幸福感だけが身を支配していた。

真昼は一瞬体を強張らせたが、何もされないと見ると頭を撫でてくる。それがまた心地よかった。

「今日は、甘えん坊さんですね」

「……いいだろ、許してくれ」

「はいはい」

照れ隠しなのは真昼も見透かしているらしく、くすくすと小さく弾けるような笑い声が届く。

「今日の周くんは大胆ですねえ」

「今日くらい、たくさん真昼に触れておこうかと思って」

「勿論いいですけど、その割には、なんというか、……普通の触り方ですね。その、てっきり……もう少し、直接的に触るのかと思いました」

「いやまあ触るのは好きだし真昼の事をたくさん知りたいって気持ちはあるけど、側に居て温もりを感じるだけで充足感があるのも事実だよ」

柔らかな起伏から顔を上げて、今度は華奢な体を包み込むように真昼を抱き締める。

周としては、別に真昼が一度想像したような事をするつもりはない。そもそもあんな事を泊まる度にしていたらいつか理性のタガが外れてしまう自信がある。あまりに可愛い反応をしながら受け入れてくれるので、もっともっとと際限なく求めてしまいそうだ。

ただ、本当に今日は何もするつもりはない。

男だからといってそういう事ばかりしたがる訳ではない。穏やかに愛する女性と共に過ごす、これだけで十分な幸せを味わえる。

肉体的な満足感は確かに直接的に触れた前回のお泊りより少ないのかもしれないが、精神的な満足感で言えば勝るとも劣らないものがある。

こうして、側に将来を誓えるほどに愛しく思う女性が居て、信頼と愛情に満ちた眼差しで寄り添ってくれるのだ。

これほど安心感と幸福感、充足感に満ちた行為は他にない。

触れるだけで満ち足りたような感覚を覚える周に同意するように、真昼はへにゃりと緩んだ笑顔を見せて周の胸にすり寄った。

「……私も、周くんの側に居るだけで幸せです」

「よかった。俺だけだったら、何かずるい気がして。お手軽に幸せになれるから」

「私も周くんの側ならお手軽に幸せですよ？　周くんが居てくれたら、それでいいです、けど……」

「けど？」

「触るともっと幸せです」

なんとも可愛らしい事を言って周を見上げる真昼は、触ってもいいかと視線で訴えかけてくる。

「触りたいのか？　別にいいけど、男の体だから触り心地は良くないと思うけど」

「そうですか？　自分にはない筋肉質なところが良いと思います。……お腹なぞると、ごつごつしてますね」

許可が出ると遠慮がちながら周の胸部や腹部をなぞるように指先で触るものだから、くすぐったさに軽くみじろぎする。

確実に彩香の影響が出ているな、なんて思いながらも、真昼が楽しそうに触るものだからまあいいかと思ってしまうあたり周も真昼に甘い自覚はある。

「毎日筋トレしてる成果が出たなあ。もやし脱却と言ってもいいかな」

「いいと思いますよ。少なくとも、無駄な贅肉はないですし、硬いです。随分と逞しくなっていますよね、昔に比べると」

「……昔を思い出さないでほしいんだけど。すっげーひょろかったし」

真昼と出会った頃を思い出されると、恥ずかしくて仕方ない。

今でこそそれなりに引き締まって筋肉もついた周だが、昔は非常に頼りない体型をしていた。贅肉こそ然程なかったが、ひょろガリと言っていいような体つきで、なよなよしていた。逞しいとはとても言い難い体型で、今思い返すと昔の自分にもっとがんばれよと殴ってやりたくなる。

真昼的には今の体型の方が好きそうなので、努力してよかったと心の底から思っている。鍛えた方が洒落た服を着る時にも様になるので、あの時真昼に相応しくなると決めた自分に間違いはなかったと言えるだろう。

「ふふ。でも、男の子だなあって思ってましたよ。私とは骨格からして違うなって、おんぶされた時に思いました」

「まあそりゃな。……真昼は、すごく骨格的に小さいんだよなあ」

本人の努力で引き締まりながらも柔らかい華奢な体が出来ている訳だが、その努力の部分とは関係のない骨格の部分でも彼女は華奢だ。全体的に小さいと言ってもいい。

「……小さいですけど、周くんが思うより頑丈ですよ？」

「それでも華奢なのには変わりないから。優しく触れなきゃって思う。折りそう」

「折るほど力入れた事なんて一切ないでしょうに」

「それでもだ。……大切にしたいから、普段から心がけていくものだろ。大事な人なんだから」

出来うる限り、真昼には優しくて紳士的な周でいたい。これから人生をかけて大切にし側に居て守って行くつもりなので、普段から真昼を傷つけたりしないように注意する必要がある。

過保護でいたい、という訳ではないが、やはり真昼はいくら自己研鑽に励むタイプとはいえか弱い女性だ。どうしても性別上力や頑丈さでは男性に劣るので、周がそこに気を使うべきだろう。

真綿でくるまれるのは真昼も望まないと分かっているので、真昼の自由意志を尊重しつつ真昼が過ごしやすいように優しくしたい。決して真昼を泣かせる事がないようにしたい。

生涯をかけて幸せにするつもりの周が決意をまじえて囁くと、真昼は先程の周なんて目じゃないほどに顔を赤くして「あ、ありがとうございます……」と小さく返す。

「……周くんの誕生日なのに、私の方がもらってばかりな気がします」

「いや、俺がもらってるからな？　それに、日付変わったし」

真昼からたくさんもらっているし、大切にしたいのはあくまで周の気持ちなので真昼が気にする事ではないだろう。

それに、気付けばもう日付は変わっている。誕生日を過ぎていた。

ソファやベッドでくっついたりキスしたりしていたら気付かない間に時間が経っていたらしい。あっけない誕生日ではあったが、十分すぎるほどに幸福をもらったと思う。

「本当だ……も、もう少し周くんにお願い事してもらうつもりだったのに」

「時間が過ぎるのは早いな。もうお願い事聞いてもらえないんだなあ」

「ちなみに何を言うつもりだったのですか」

「……お休み前に真昼からキスでもしてほしいな、と」

先程口付けたばかりではあるが、あれは周からした事だ。周より照れ屋の真昼からしてもらえる事は滅多にない。キス自体は好きらしいのだが、いかんせん恥ずかしいらしく中々自分からするには至らない。

折角なら、真昼も真昼がしたいようにキスをしてほしい、なんて人に聞かれれば恥ずかしい事を誕生日だからとお願いしようと思ったのだ。

結構なお願いだと思ったのだが、何故だか真昼は困ったような、ほんのり呆れたような顔をしている。

「……周くんって無欲ですよねえ。もっと大きな事をねだってもらえるのかと思いました」

「こんなにも満たされててこれ以上にどうしろと。生まれてきた事を祝ってくれて、こうして側に居て温もりをくれる恋人がいて、もう十分だよ。欲がないって訳じゃなくて、今満たされているからだぞ」

「……これじゃあ私が強欲です」

「真昼が？」

真昼に強欲はかけ離れた言葉だと思っていたのだが、真昼は大真面目な顔で頷いた後へにょりと眉を下げる。

「だって、本当は周くんがバイトするの、寂しいなって、早く帰ってこないかなって、ずっと思ってます。女性に言い寄られないか、心配もしてます。周くんは格好いいので、モテたらどうしようって。周くんが選んだ事で邪魔するつもりは一切ないですし浮気も心配してませんけど、不安になります。行かないでって、思ってしまって」

周くんの邪魔をしたくないのに、とこぼして、真昼は周の胸に顔を寄せる。

「離れないでほしいですし、もっと私に触れてほしい。ずっとずっと、側に居てほしい。……

そう思ってしまう私は、強欲で愛が重いと思うのです」

吐露された想いについ口元が緩みそうになってしまう。

それだけ、真昼は周の事を想ってくれているし、大切にしてくれている。ずっと側に居たいと願ってくれている。それだけ、周の事が好きだという事だ。

むしろ恋人冥利に尽きるといったところだろう。

強い愛情を強欲だと表現した真昼に、周は小さく笑って背中に回した手に少し力を込める。

「……多分だけど、真昼より俺の方が重いよ。真昼が思うより、ずっと」

真昼が自分の事を重いと言ったが、それを言うなら周の方が重い。絶対に離すつもりがないのだから。

真昼が本当に幸せになるならば血の涙を飲んで離す事はもしかしたらあるかもしれないが、それ以外で真昼を離すつもりなどない。自分の手で幸せにするし、そのための努力は欠かさない。

真昼のために、なんて責任の押し付けをするつもりはない。周が、勝手に真昼を幸せにしたくて努力をしているし、自分でも抱えきれないくらいの想いを抱きながら過ごしている。

「俺の家系は一途な分、愛が重いから。俺も漏れなくそうだと思ってる。多分、真昼にはまだ実感が湧かないだけだと思うんだけどな。束縛するとかそういう重さじゃなくて、寄せる感情が大きくて深いんだ。絶対に離してあげられない。俺以外を見てほしくない。……だから、嫌になったらどうしようって、たまに思う」

重いのは、自覚している。

軽い付き合いは真昼にも失礼だからこそ、真剣交際で生涯を共にするつもりで交際を申し込んだのだが、他人からすれば重いものだろう。高校生の内から長い一生を約束しようとするのだ、重いにも程がある。

だというのに、真昼は嬉しそうに笑った。幸せそうに、ふやけた笑顔を見せて。

「それだけ愛してもらえるなら、私は幸せ者だと思いますよ。摑んで離さないで、私だけを見てくれるなんて、理想的だと思いませんか」

「ほんとかなあ」

「本当ですよ。……私も、もう周くんを離してあげられませんので、お互い様です。絶対に余所見とかさせませんからね？」

まずありえないようなことを言われて頷いた周に、真昼は満足げに笑って少しだけ体を上にずらした。

近づいた真昼の端整な顔には、悪戯っぽい笑みが浮かんでいる。

「私は周くんに私をあげますので、周くんは私に周くんをくださいね？」

熱っぽく囁かれて、彼我の距離が縮まる。

吐息が絡まるほど近づいた互いの顔は、すぐに距離を詰めて空気を隔てずに触れ合った。

そっと唇が触れるだけ、そんなキスなのに、燃えるような熱さを覚える。それでいて安心感と幸福感がないまぜになった心地よさがあり、自然と胸が熱くなった。

時間にしてほんの数秒触れ合っただけなのに、深い口付けとはまた違った満足感を確かに覚えて、周は真昼と視線を合わせて微笑む。

きっと、お互いにお互いしか見えていないのだ。心配なんていらないだろう。

「……おやすみなさい、周くん。よい夢を」

「おやすみ、真昼」

私のもの、と言わんばかりに周にくっついてとろけるような笑みを浮かべた真昼に、周も穏やかな笑みを返してそっと瞳を閉じた。

あとがき

本書を手にとっていただきありがとうございます。

作者の佐伯さんと申します。お隣の天使様第八巻楽しんでいただけましたでしょうか。


という訳で真昼さんの思いもよらぬ行動から始まった本巻ですがいかがでしたでしょうか。

一人の女の子として周くんに愛してほしいし求めてほしい真昼さんと大切にしたいからこそ足踏みしている周くんでした。

基本的に周くんは好きな人には最大限幸せになってほしいし大切に大切にしたいタイプの人なのでかなり慎重派なのですが、よくあれを我慢出来たな……と。周くんをへたれと取るか紳士と取るかはあなた次第。

まあ我慢した代わりに約一年後大変な事になりそうだなと他人事のように思いながら作者としては彼らの日常を描いていきたいと思います。


そして誓いのためにバイトを始めた周くん。何だかんだ彼は要領いいので勉学とバイトと鍛錬全部並行してこなしていくのでしょうね。初期の周くんと比べてバイタリティーの違いよ。

これからも真昼さんと自分のために頑張ってくれ周くん。

そして今巻もはねこと先生に素敵なイラストを描いていただきました。私も真昼さんにご飯作ってもらいたい……。焼鮭にだし巻きとか最高の朝ご飯じゃないか……。

巻を重ねる毎に真昼さんの笑顔が柔らかく感情を露わにしたものになってて実に可愛いです。特装版のイラストもきゃわわで可愛いのに色っぽさがあってたまらんです。

ちなみにいくつかの候補から彼シャツを推したのは私です。はい。趣味です。仕方ないよね。

この巻が発売する頃にはアニメが始まると考えると今からガクブルしてプレッシャーで胃の痛みがありますが、動く真昼さん達を見られると思うとわくわくが止まりません。

読者の皆様もアニメ楽しんでいただけましたら幸いです！

それでは最後になりますが、お世話になった皆様に謝辞を。

この作品を出版するにあたりご尽力いただきました担当編集様、ＧＡ文庫編集部の皆様、営業部の皆様、校正様、はねこと先生、印刷所の皆様、そして本書を手にとっていただいた皆様、誠にありがとうございます。

また次の巻でお会いしましょう。

最後までお読みいただきありがとうございました！

ファンレター、作品の
ご感想をお待ちしています

〈あて先〉

〒105－0001
東京都港区虎ノ門2－2－1
ＳＢクリエイティブ（株）
ＧＡ文庫編集部 気付

「佐伯さん先生」係
「はねこと先生」係

本書に関するご意見・ご感想は
右の QR コードよりお寄せください。

※アクセスの際や登録時に発生する通信費等はご負担ください。

https://ga.sbcr.jp/

お隣の天使様に
いつの間にか駄目人間にされていた件 8

発　行　　2023年1月31日　初版第一刷発行
2024年9月19日　第十三刷発行
著　者　　佐伯さん
発行者　　出井貴完

発行所　　SBクリエイティブ株式会社
〒105−0001
東京都港区虎ノ門2−2−1

装　丁　　AFTERGLOW

印刷・製本　中央精版印刷株式会社

ISBN978-4-8156-1596-3
Printed in Japan　　GA文庫